"역시 내 동생이로구나."

EVERSE RAINBOW

나는 요괴의 왕이다.

"엄마, 아빠 진심이었어.

나와 호랑이님 13

사랑은 전쟁

제2부 나와 호랑이님 연(緣) 4권

카넬 지음
영인 일러스트

목차

이어지는 이야기

시간이 너무 많이 흘렀다.

일주일 동안 방구석에 처박혀 폐인처럼 지냈고, 현실과 마주하는 데 이틀이나 걸렸다. 오늘까지 하면 벌써 나래가 내 곁을 떠난 지 열흘째다. 기분으로는 한 열 달은 지난 것 같은 기분이 들지만 말이야.

그런 내가 인제 와서 빙빙 돌아가는 길을 선택할 수는 없다.

정면 돌파다. 정면 승부다. 마치 닭과 비슷하게 생긴 전쟁 병기에 맨몸으로 달려든 용사들처럼 나설 때다. 그 후에 짓밟히고 깨지는 건 당연히 각오하고 있다.

아니, 필요하다. 나는 그렇게 결론지었다.

나와 나래는 시선만으로 생각을 얼추 짐작하고 대화를 나눌 수 있을 정도로 서로를 잘 안다. 그런 내가 생각하기에, 나래는 내 잘못으로 일어난 이번 일로 큰 마음의 상처를 입었을 거다.

나처럼 마음을 닫았을 가능성도 있다. 아니, 크다. 만약 그렇다면 나는…… 진심을 다해 용서를 비는 수밖에 없겠지.

그러기 위해서, 관계를 원점으로 돌릴 만한 사건이 필요하다.

그 준비를 위해 나는 잠든 아이들을 바라보았다.

불과 한 시간 전까지만 해도 울며불며 슬퍼하던 흔적이 얼굴에 그대로 남아 있지만 귀여운 모습은 어디로 사라지지 않는다. 어제 기절하듯 잠들어 늦게 일어난 덕분에 이대로 하루 종일 랑이와 치이와 페이와 아야와 바둑이를 바라보고 있으라고 해도 할 수 있을 정도다.

하지만 그건 좀 나중으로 미루자.

나는 잠든 척 하고 있는 녀석에게 말했다.

"야, 자냐?"

대답하지 않았다. 그렇겠지. 겉으로 보기에는 완벽하게 곯아떨어진 모습이니까. 그 녀석의 연기는 완벽해서 랑이를 오랫동안 봐 오지 않았다면 눈치채지 못했을 정도다.

자는 척을 하는 것과 정말 잠든 것하고는 미묘한 차이가 있다. 잠에 푹 빠져 있는 랑이는 배를 긁적긁적하면서 칠칠맞게 헤에~ 하고 침을 흘리고 있지만, 그럼에도 귀는 쫑긋거리며 주변에서 무슨 일이 일어나면 당장이라도 일어나기 위한 만반의 준비를 다하고 있다. 그에 비해 냥이는 반듯하게 누워서 고른 숨소리를 내며 잠든 것처럼 보이지만 귀의 움직임이 너무 부자연스럽다. 무엇보다……. 이 녀석들은 제대로 누워서 잘 수 없는 몸 구조를 하고 있다고.

꼬리 때문에 말이다.

반듯이 누워 잠들어도 때때로 이리 뒤척, 저리 뒤척 하는 게 호랑이 녀석들의 잠버릇이라고.

"너 안 자고 있는 거 다 안다. 자는 척 하지 말고 일어나. 할 말 있으니까."

"……흥. 눈치만 늘었구나."

냥이가 쓰윽 하고 일어나서는 랑이가 춥지 않게 흘러내린 이불을 어깨까지 올린다. 그 모습이 랑이의 언니가 아닌 어머니 같아 보일 정도로 자애로워서 할 말이 없을 지경이다.

그 인성, 아니, 요성을 랑이가 아닌 다른 이에게도 좀 드러내 주면 좋을 텐데 말이야.

그래, 예를 들어 요즘 들어 정신적으로 피폐한 일상을 지내는 나 같은 녀석에게라든가.

"그래서, 할 말이 있다면 오래 쓴 마우스에 낀 때 같은 녀석에게 하면 될 것을 왜 내게 하고 있는 것이느냐."

"세희한테도 할 말이 있긴 한데 조금 있다 할 거다. 뭐, 어차피 저 녀석은 지금 듣고 있을 테지만."

"쿨쿨. 저는 자고 있습니다, 주인님."

역시 잠든 척 하고 있는 세희가 눈도 뜨지 않고 대꾸했다.

그보다, 너. 이제 날도 추워지는데 옷 좀 입고 자라. 눈 둘 곳이 없다.

"창귀들은 주인님을 지키기 위해 언제나 깨어 있으니까요."

방 안에 없던 가희가 스르륵 문을 열고 방 안으로 들어왔다. 평소와 같은 기생 옷차림이 아닌 귀여운 파자마 차림인데…….

저기, 자신의 나이와 외모 등등을 고려해서 입어 주면 안 될까. 이미지가 안 맞으니까.

그렇게 생각한 사람은 나뿐만이 아니었다.

"뭡니까, 그 옷은. 갭모에라도 노린 겁니까?"

세희는 지금도 눈을 감고 있다. 어떻게 볼 수 있었는지에 대해 생각하면 지는 거다.

"어머나, 세희 님. 전 세희 님과 달리 그런 건 신경 쓰지 않아요. 그저 이 옷이 마음에 들었을 뿐이랍니다. 어떤가요, 성훈 님. 마음에 드시나요?"

취향 참 이상하군. 무시하자.

나는 냥이에게 말했다.

"그보다, 야. 부탁하고 싶은 게 있는데."

내 말에 가희는 고개를 숙이며 주먹을 쥐었고 냥이는 인상을 찌푸렸다.

"거절하느니라."

예상했던 대답이다.

"일단 이야기라도 들어 봐라."

"싫다."

냥이는 딱 잘라 거절했다.

"그보다 네놈이 요즘 들어 간이 부었구나. 언제부터 네가 나한테 부탁을 할 수 있는 입장이었느냐."

냥이가 달빛만이 전부인 어두운 방 안에서도 잘 보일 정도로 눈을 부릅뜨고서 안광을 번뜩이기에 나는 슬쩍 특효약을 처방했다.

"그러고 보니까 랑이도 그런 말을 세희에게 했었지."

"그러하느냐. 후후, 역시 내 동생이로구나. 태양을 가리는 구름 같은 창귀 따위에게 휘둘리지 않는 제왕의 그릇이로다."

냥이는 언제 그랬냐는 듯이 흐뭇하게 웃으며 잠들어 있는 랑이의 머리를 쓰다듬었다.

"으냐아~"

그 손길에 기분이 좋은지 랑이가 냥이의 손에 머리를 비빈다. 그게 또 기쁜지 냥이가 미소를 지으며 웃음을 흘렸다.

"흐흐흐……."

……범죄자의 웃음이다.

그 꼴이 조금 한심해서 내가 빤히 쳐다보고 있자니 시선을 느낀 냥이가 크흠! 헛기침을 하고서는 담뱃대를 꺼내 입에 물었다.

물론 불은 붙이지 않았다.

"눈치뿐만 아니라 잔머리도 늘었구나."

"주인님의 잔머리 하나만은 저도 인정하는 수준입니다."

나중에 가면 숨만 쉬고 있어도 한 소리 듣는 거 아닐까 모르겠네.

속으로 투덜거리고 있자니 가희가 슬쩍 내 팔목을 끌어안으며 다가와 말했다.

"임기응변에 능하다는 말씀이니 너무 신경 쓰지 마세요, 전하."

팔이 부드러운 가슴 사이에 끼어서 천국을 맛보고 있지만 이상하게 육체와 정신에 아무런 반응도 일어나지 않았다.

응. 역시 이 녀석은 신경 쓰지 말아야겠다.

"뭐, 머리가 나쁘니까."

나는 가희에게서 팔의 자유를 되찾으며 말을 이었다.

"쓸 수 있는 건 써야지."

냥이가 가희처럼 인상을 굳히며 정색했다.

"나는 네놈이 쓸 수 있는 것이 아니다."

"나도 그렇게 생각해. 하지만 지금 내 상황이 찬물 더운물 가릴 때가 아니라서 말이야."

더운물이 아니라 용암인 것 같지만.

"그렇다 한들 내가 네 헛소리를 들어줄 이유가 있을까."

냥이는 내가 할 대답을 예상하고 있을 거다.

랑이를 위해서. 랑이의 행복을 위해서.

사실 이런 이유는 너무 많이 써먹었다. 동생 러브러브인 언니에게도 내성이 생길 만하겠지. 그렇기에 나는 말했다.

"하늘이 인정한 요괴의 왕으로서의 명이다."

왕으로서.

"들어라. 네가 요괴인 이상 내 말을 무시할 수 없을 텐데."

"……호오, 이것 봐라?"

냥이가 명백한 적의를 내보이며 털을 부풀이고 이를 드러냈다.

"으으응……. 언니……? 성훈이하고 싸……워?"

하지만 랑이가 그 기색에 몸을 뒤척이며 잠꼬대처럼 묻자 언제 그랬냐는 듯이 화를 가라앉힌다.

"싸우긴 누가 싸우느냐. 이상한 소리 말고 다시 자거라. 푹 자야 쑥쑥 자라느니라."

"헤……헤헤……. 성훈이하고…… 언니도…… 빨리 자……."

그 말을 남기고 랑이는 두 눈을 감았다. ……이렇게 말하니까 이상하게 들리네. 다시 하자.

랑이는 다시 쿠울쿠울 잠에 빠져들었다. 그 모습을 확인한 냥이가 가슴에 손을 얹고 안도의 한숨을 내쉰 다음, 나를 찌릿 하고 노려보며 말했다.

"네놈 때문에 365일 잠만 자도 귀여운 우리 흰둥이가 깨어버리지 않았느냐."

"왜 나한테 그러냐. 깨운 건 넌데."

"무엇이 원인인지 내 입으로 말을 해야 알아듣겠느냐."

"말을 해도 알아들을 자신이 없으니 넘어가자. 이러다가 날 새겠으니까."

냥이의 담뱃대를 피한다.

"폭력 반대."

"맞을 짓을 했으면 맞아라."

"너무 많이 맞으니까 몸이 조건 반사적으로 움직이네."

성의 누나, 고마워요. 덕분에 이제 싸움도 어느 정도 할 수 있을 것 같아요.

"흥. 하찮은 것이. 내 진심으로 손을 쓰면 네놈이 피할 수 있을 것 같으냐."

"진심으로 손쓰지 마. 이래 봬도 네 사랑하는 여동생의 남편 될 사람이다."

"조금 전만 해도 요괴의 왕으로서 내게 명령을 내린 녀석이 할 말이 아니구나."

"네가 내 부탁을 듣지도 않고 거부부터 하니까 그렇지. 일단 듣기라도 했으면 그런 말까지는 안 한다."

"보통 그런 건 부탁이 아닌 협박이라고 하느니라."

"그럼 협박이겠지."

냥이의 기분이 상하는 걸 보면서 나는 말을 이었다.

"말했잖아. 지금 나는 찬물 더운물 가릴 때가 아니라고."

나는 안다.

지금까지 내가 나래에게 알게 모르게 의지하고 있었다는 사실을. 그 사실을 나래의 빈자리를 통해 깨달았다.

다시 말하면, 나래 역시 그렇다는 말이다.

인생의 절반이 넘는, 10년 동안 알고 지내 온 인연이다. 비록 연인 미만 친구 이상의 미묘한 관계였지만, 그럼에도 오랜 시간 동안 가까이 지냈다. 상대방에게 의지하고 있지 않았다면, 그게 더 이상한 일이다.

나는 그 빈자리로 인한 상처를 아이들의 도움으로 극복할 수 있었다. 마주할 수 있었다. 결심할 수 있었다.

하지만 나래는?

나래의 주위에는 누가 있지?

나래의 슬픔을 알아줄 사람이 있을까?

"……네놈."

냥이가 나를 찬찬히 살펴보고서 입을 열었다.

"그래. 한번 들어 보기나 해 보자꾸나. 사내가 마음을 굳게 다짐하고 하는 말을 들어주는 것은 자고로 지어미의 역할이지만, 내 어린 동생에게 그런 것을 시킬 수는 없는 노릇이니."

그리고 나는 말했다.

"내가 나래를 데려올 때까지 랑이가 날 따라오지 못하게 해 줘."

비단 랑이뿐만의 이야기가 아니다. 나는 가능한 한 서울에, 아이들 중 한 명도 데리고 가지 않을 거다.

"호오."

냥이가 이채를 띠었다.

"왜 그런 생각을 하였느냐. 설마 우리 착하고 착한 흰둥이가 방해가 된다고 생각하는 것이느냐."

나는 고개를 가로저었다.

"아니."

그럴 리가 없다. 내게 있어 랑이가 방해가 되는 일은 없다.

"랑이는 내게 너무 많은 도움이 되니까."

그래, 너무 많은 도움이 된다. 예나 지금이나.

처음으로 나래가 지리산에 내려왔을 때, 웅녀를 설득하기 위해 벌였던 일. 그 난리 끝에 나래는 자신의 마음을 고백했고, 나 역시 내 마음을 고백했다.

우리 둘의 마음은 엇갈렸고 그대로 파국을 맞이할 뻔했다.

아니, 맞이해야 했다.

그때, 끝났어야 했다.

하지만 그 가운데 있던 랑이의 눈물에 나래와 나는 서로의 마음을 거두고 한 발 물러서야 했다.

그래서는 안 됐다.

랑이가 잘못했다는 게 아니다. 나에게 용기가, 각오가 부족했던 거다.

나는 그때, 나래가 준비해 준 보류라는 도피처에 기대지 말았어야 했다.

나는 그때, 랑이가 제시해 준 해결책을 따라가지 말았어야 했다.

물론 그랬더라도 힘든 일은 벌어졌을 거다. 아니, 지금보다 더 힘들 수도 있었을 거다. 하지만 그럼에도 지금과 같은 최악의 상황만은 일어나지 않았겠지.

그렇기에 다른 아이들도 데려가지 않는다. 치이, 페이, 아야, 바둑이도 랑이만큼 착하고, 나래와 인연이 닿아 있는 아이들이니까. 나는 분명히 그 아이들에게 의지하게 될 거다.

이런 말을 하기 참 슬프지만, 이제는 다들 알고 있을 거다.

내가 벼랑 끝에 몰려야 자신의 진심을 솔직히 드러낼 수 있는 꼬인 녀석이라는걸.

"흐음. 꽤나 남자다운 말을 하는구나, 네 녀석."

냥이는 예상 밖이라는 듯 눈썹을 꿈틀거렸다. 도대체 나를 뭐라고 생각하는 거야.

"하지만 네놈이 하나 간과하고 있는 사실이 있지 않느냐."

나는 고개를 가로저었다.

"아니. 네가 막아 주었다는 사실만으로 충분해."

냥이가 랑이를 막을 수 없다는 건 나도 잘 안다. 페이와의 일이 있었던 때, 내가 부른 자신의 이름을 듣고 한걸음에 와 준 것을 기억하고 있다.

하지만.

"랑이가 **가장 믿고 의지하는 언니가** 자신을 막았다는 게 나에게는 큰 힘이 되어 줄 거니까."

예상대로 냥이는 내 부탁을 거절하지 않았다.

첫 번째 이야기

나는 생각했다.

두 번째 이야기

아침에 일어나는 건 힘든 일이다.

그건 언제나 그렇지만 오늘 아침은 평소보다 더욱더 힘들었다. 아이들을 달래 주며 재운 시각이 새벽 2시. 그 후로 냥이와 간단한 이야기를 하고 아이들이 깨지 않도록 몰래 방에 돌아가 공책에다 이것저것을 쓰며 다시 한 번 생각을 정리하며 계획을 짜다 보니 새벽 4시.

그리고 안방에 들어오는 햇빛에 깬 지금 시각은 9시.

"으어어어……."

솔직히 말해서 졸리다. 피곤하다. 하지만 그럴 만한 성과는 있었다.

내가 어떻게 할지 정했으니까. 머리도 깨울 겸 다시 한번 정리해 볼까.

먼저 나는 오늘 정미 누나에게 전화를 해서 곰의 일족 소유자로서 한 가지 명령을 내리며 웅녀에게 내 뜻을 전달한다.

그리고 서울로 올라가 나래를 만나서 사과를 한다. 물론 나를 싫어하거나, 마음을 닫았을 나래가 사과를 받아 줄 리가 없다.

그렇기에 나는 사랑의 융단 폭격 작전을 펼친다. 이것저것 생각할 것 없이, 나래에게 내 마음을 직접적으로 전하는 거다. 애정 표현을 있는 그대로 할 생각이다. 랑이와 아이들이 내게 그러했듯이.

아이들과 달리 나는 성공할 자신이 있다. 왜냐하면, 찬 사람과 차인 사람의 입장 차이가 있으니까.

그러면 나래는 인제 와서 무슨 소리냐고 진심으로 화를 낼게 분명하고, 그 때를 틈타서 나쁜 짓을 저지른 뒤 설득에 들어간다.

아. 나쁜 짓을 이상한 쪽으로 생각하지 말자. **그런 거** 아니니까. 곰의 일족과 관련이 있긴 하지만 혈기가 왕성한 청소년이라면 누구라도 생각할 수 있는 쪽의 나쁜 짓은 하지 않는다.

뭐, 어쨌든. 이것이 내가 짤 수 있었던 최선의 계획이다. 빈틈이 많은 것 같지만, 그건 그 때마다 순발력으로 대처할 수밖에 없다. 나는 솜씨 좋은 사냥꾼 같은 건 못 되니까.

자. 그러면 슬슬 일어날까?

"아들, 일어났어?"

어머니께서 부르시기도 하니까.

"예……."

머리와 달리 아직 풀리지 않은 목 탓에 목소리에 힘이 없다. 나는 반쯤 감긴 눈을 비비며 목소리가 들려오는 쪽을 향해 고개를 들었다.

어머니께서는 어제와 같은 옷 위에 앞치마를 두르시고서 부엌과 연결되어 있는 문을 열고 안방으로 들어오고 계시는 중이었다.

"아침 준비 다 돼 가니까 며느리들도 깨우렴."

내가 아무리 멍청하다고 해도 어머니께서 하신 말씀에 담긴 속뜻을 모를 정도는 아니다. 나는 난색을 표하면서 어머니께 말씀드렸다.

"며느리들은 아닌데요."

어머니께서 미소를 지으셨다.

"며느리들 맞습니다."

"응. 잘했어요, 우리 아들."

나는 간지럽지도 않은 머리를 긁으며 말했다.

"그런데 어머니는 제가 그래도 괜찮나요?"

"그게 무슨 상관이니?"

역시 어머니. 대범하시다. 이런 부분에서까지 그렇게 대범하실 필요는 없는데 말이야.

아, 그렇게 생각하니 한 가지 의문이 생겨서 나는 그걸 입에 담았다.

"만약 아버지가 그러면 어떻게 하실 거예요?"

어머니께서 한숨을 쉬시고는 허리춤에 손을 올리며 말씀하셨다.

"아들. 아들 아빠는요, 그런 사람이 아니란다. 애초에 글 말고는 다른 건 관심도 없는 사람이잖니. 차라리 그런 인간이었다면 나았을지도 모르겠단다."

……반론을 못 펴겠군. 어머니께서 몇 달간 집에 안 들어오셔도 신경을 안 쓰는 사람이니까.

"그리고 엄마한테 힌트 얻어 내려고 하지 마렴."

역시 들켰나.

"이건 네 스스로 할 일이야. 엄마는 너를 자기 여자도 제대로 챙기지 못하는 남자로 키운 기억은 없단다."

어머니께서는 빙긋 웃으셨다.

잠에서 완전히 깨 버린 나는 어머니의 미소에 담긴 뜻을 읽을 수 있었다.

제대로 챙기지 않으면, 그 때부터 너는 내 아들이 아니라는 거지.

"하, 하하하하……. 걱정하지 않으셔도 됩니다."

나는 마른 웃음을 흘렸고 어머니께서는 무언가 만족한 표정을 보이시고는 부엌으로 다시 들어가셨다.

그러면 나는 애들부터 깨워 볼까.

어머니와 함께한 아침 식사. 평소와 다른 게 있다면 어머니께서 내 바로 옆에 앉아 계신다는 것. 그리고 아이들의 분위기가 조금 다르다는 거다. 다들 가시방석에 앉아 있는 듯한 느낌인데 말이야. 특히 랑이가 가장 심하다. 뭐가 그렇게 신경 쓰이는지 평소와는 다르게 무릎을 꿇고 앉아서는 엉덩이를 움찔움찔하며 안절부절못하고 있다. 다른 아이들도 그렇게 큰 차이는 없다. 냥이와 세희와 바둑이와, 없어도 되는 녀석을 제외하면 다들 어머니를 신경 쓰고 있는 눈치다.

왜 그러지? 분명히 어머니께서 같이 식사를 하시기 때문인 것 같은데, 정확한 이유는 잘 모르겠다.

랑이야 워낙 예전에 우리 어머니 같은 사람이 대하기 힘들다고 말했기 때문에 알 것 같지만, 다른 아이들은 랑이하고 상황이 다르잖아?

아, 그건가. 아직 자기소개 같은 걸 안 해서 그럴지도? 어제 어머니께서도 늦게 오신 것 같고, 상황도 상황이었으니까.

그렇다면 이럴 때는 내가 나서야지.

"어머니, 애들하고 이야기해 보셨어요? 제가 소개라도……."

"할 필요가 있니? 내가 우리 아들의 엄마인 건 알고 있을 텐데."

역시 어머니. 자기소개 같은 건 신경 쓰지 않으시는구나. 거기다 어머니라면 당연히 아이들에 대한 것도 알고 계실 테니까.

하지만 어머니……. 아이들도 좀 생각해 주세요. 다들 뭐라도 화젯거리가 나왔다는 느낌으로 화색이었다가 다시 바짝 굳어 버리지 않았습니까.

내게 있어서 어머니의 이런 반응은 너무나 당연한 거지만,

아이들에게는 그렇지 않을 거다. 아마, 어머니께서 화나신 줄 알고 있는 게 아닐까 싶다.

내가 어떻게든 해야 할 텐데. 이렇게 긴장 가득한 분위기 속에서 밥이 제대로 넘어갈 리가 없다. 신경 쓰이니까.

나는 작은 목소리로 어머니께 말씀드렸다.

"저야 괜찮지만 애들은 어머니 성격 모르잖아요. 그것 때문에 긴장한 것 같은데요."

"아, 그러니? 긴장하고 있는 거였구나."

모르셨습니까?! 한눈에 봐도 알 수 있잖아요?!

"다들 그렇게 긴장할 거 없어요."

어머니께서도 그렇게 생각하신 것 같다. 따스한 음색에 아이들의 긴장이 한층……

더해졌어?!

"아, 아니에요, 어머님!"

치이가 말한 거 아니다. 랑이가 한 말이다.

나뿐만이 아니라 치이와 페이와 아야까지 깜짝 놀라서 랑이를 바라보았다.

우리들의 시선이 느껴질 만도 한데 랑이는 어머니만을 보며 말했다.

"그보다 아침 준비 도와드리지 못해서 죄송해요."

……우와. 랑이가 제대로 말하고 있다. 물론 랑이가 일부러

그런 말투를 쓰고 있다는 건 알지만, 지금처럼 존댓말을 하는 건 처음 보기에 위화감과 당혹감이 장난 아니다.

[……랑이, 캐릭터 만들기였음?]

“아우우우, 실망한 거예요.”

“그런 안주인님도 귀엽기 때문에 안주인님 팬 그만두겠습니다.”

옆에서 보이는 작은 문장과 자그맣게 들려오는 말은 무시하자. 지금 어머니께서 하시는 말씀이 더 중요하니까.

“괜찮단다. 오랜만에 실력 발휘를 하고 싶었으니까.”

실력 발휘를 너무 하신 느낌이 들 정도로 말이지.

예전에 말했듯이 어머니께서는 대식가이시다. 아버지보다 많이 드시는 것 같은데, 도대체 그 많은 양이 어디로 들어가는지 모를 정도로 말이야.

옛날에 아버지께서는 그런 내 의문에,

“슴가지, 슴가! 역시 슴가는 큰 게 짱이야!”

라고 말씀하셨다가 애한테 무슨 말을 하는 거냐며 아이언 클로를 당하셨지.

어쨌든 그런 어머니께서 준비해 주신 오늘 아침도 상다리가 부러질 정도로 호화롭다.

특히나 내 그릇에는 밥이 한가득. 아침부터 이걸 다 먹을 수 있으려나.

내가 이렇게 태평하게 생각하고 있을 때도 랑이는 여전히 안절부절못하고 있었다. 그걸 보다 못한 세희가 말했다.

"괜찮습니다, 안주인님. 저도 손을 거들었으니까요."

"으냐아……."

랑이가 손가락만 빨며 뭐라도 더 말해야 할 것 같다고 생각하는 동안 선두에 나선 아이가 있었다.

"그러면 점심은 제가 차리는 거예요."

치이였다. 이걸 뭐라고 말해야 하나. 좋게 말하면 상황 판단 능력이 뛰어나다고 하겠지만, 나쁘게 말하면 눈치가 빠르다고 할 수 있겠지?

그래도 치이 덕분에 분위기가 왜 이런지 알 수 있었다. 이 녀석들, 아침을 어머니께서 혼자 준비하신 것을 마음에 걸려 하고 있었구나.

특히 랑이의 입장에서는 미래의 시어머니이니까 더 그렇겠지.

"그건 좀 아쉽게 됐네. 시어미가 아침을 먹고 나서 바로 갈 곳이 있어요."

그 말에 깜짝 놀란 건 다름 아닌 나였다.

"예? 엄마, 벌써 가세요?"

"어머, 우리 아들. 엄마하고 같이 있었으면 좋겠어?"

……그렇게 말씀하시니까 부끄럽지 않습니까. 그저 단지, 평소에 한번 집에 들어오시면 적어도 3일은 집에 계시곤 해서 그런 것뿐인데.

뭐, 집에 계셨으면 좋겠다는 건 사실이지만.

"예."

어머니께서 나를 흐뭇하게 바라보셨다.

"우리 아들, 많이 컸네. 우리 아기들 덕분일까."

그 시선에 부끄러워져서 나는 시선을 돌리며 말했다.

"뭐, 뭐가요."

"우리 아들은 그렇게 솔직하게 자기 마음을 말하는 아이가 아니었잖니?"

부정은 못 하겠다. 하지만 인정도 못 하겠다.

"지금도 그런데요."

"그런 부분은 아빠를 쏙 빼닮았다니까."

……그건 아니라고 생각합니다. 그렇다고 정면에서 어머니의 말씀을 부정할 용기는 없기에 나는 말을 돌렸다.

"그보다 무슨 일 있으세요?"

"무슨 일이긴."

어머니께서는 살짝 인상을 찌푸리며 말씀하셨다.

"우리 아들 뒷수습이 아직 안 끝났거든."

지금 내 목숨이 위험하다!

"교섭은 끝난 거 아닌가요?"

"자세한 건 나중에 세희한테 들으렴. 밥 먹으면서 할 이야기는 아닌 것 같으니까."

무슨 일인지 신경이 쓰이지만 지금은 어머니의 말씀을 따르자. 바둑이가 흘린 침이 한강이 되려고 하는 것 같으니까.

어머니께서 아이들을 향해 말씀하셨다.

"부담 가지지 말고 맛있게 먹으렴."

""""""예!""""""

랑이와 치이와 아야와 바둑이가 한목소리로 한 대답을 시작으로 숟가락질하는 소리가 들리기 시작했다.

……페이가 쓴 글은 아이들의 목소리에 흔들리더니 그대로 사라져 버렸다. 마치, 영압에 밀린 것처럼.

오랜만에 어머니께서 차려 주신 아침은 맛있었다. 양이 평소보다 많았지만 깨끗이 비워 버릴 정도로. 평소 식사량이 많은 랑이도 이미 배가 빵빵해져서 소처럼 드러누워 버렸고, 냥이는 옆에서 미소를 지으며 사랑스러운 여동생에게 무릎을 빌려 주고 있다. 치이는 설거지만은 '우리들'에게 맡겨 달라고 하면서 페이와 함께 부엌으로 들어갔다. 평소라면 싫다고 거부했을 페이도 어머니 눈치를 보는지 [열심히 할 거임! 점수 딸 거임!] 같은 글을 쓰고 성큼성큼 걸어갔고.

아야?

"할머니라고 부르면 화내실 것 같고……. 키이잉……. 어떻게 하는 게 좋겠어, 아빠?"

소파에 앉아 있는 내 옆에서 어머니를 어떻게 부를지 고민을 하고 있다. 그런 모습을 지켜보던 어머니께서 아야의 옆에 앉으셨다.

"그렇게 고민할 거 없단다, 아야야."

"캬아앙?!"

깜짝 놀라서 털을 바짝 세우며 흠칫거린 아야가 귀여워 보이는 건 어머니도 마찬가지셨다.

"아야는 나를 엄마라고 불러 줬으면 좋겠는데, 아야는 싫으니?"

아야가 깜짝 놀라는 게 표정으로 보인다.

"어, 엄마라고 불러도 되는 거야?"

"그래. 아, 우리 아들은 질투하려나?"

슬쩍 나를 보며 눈웃음을 지으시기에 나는 씁쓸한 미소를 흘렸다. 그렇게 말씀하시면 제가 무슨 마마보이 같잖아요.

아야는 어머니의 말씀에 마음을 정했는지 너무나 조심스럽게 입을 열었다.

"어, 엄마."

"응, 우리 딸."

어머니께서는 그렇게 말씀하시고는 아야를 꼬옥 끌어안아 주셨다. 어머니의 포옹에 놀랐는지 아야는 잠시 아무 반응도 못 하고 있다가 팔을 들어…….

"팔자도 좋으시군요. 새언니께서 저에게 이야기를 들으라고 하신 말씀은 잊어버리신 것같이 말이죠."

"한창 좋은 상황에 방해하지 마라."

등 뒤에서 들린 세희의 말에 감동스러운 장면이 와장창 깨졌다. 나는 고개를 뒤로 젖혀 분위기 파괴자 강세희를 올려다 보았다.

내 멘탈도 파괴할 생각인가, 이 녀석. 왜 이렇게 험한 표정을 짓고 있어? 물론, 다른 애들이 보기에는 평소와 같다고 생각하겠지만.

"왜."

"드릴 말씀이 있습니다. 이곳에서는 좋지 않으니 따라오시지요."

왜 하필 지금이야? 지금 막 아야가 어머니께 응석 부리려고 할 것 같은데, 좋은 구경을 놓치게 되잖아! 같은 말은 하지 않는다.

나도 나름 세희와 알고 지낸, 아니, 세희에게 당해 온 지 시간이 꽤나 흘렀다. 지금 이 녀석이 꽤나 중요한 이야기를 할 생각이라는 건 말하지 않아도 안다.

어머니께서 식사 전에 하신 말씀도 있고 말이야.

아쉽지만 어쩔 수 없지. 나는 세희를 따라 안방에서 나가 내 방으로 들어갔다.

세희는 방문을 등에 지고서, 의자에 앉은 내게 말했다.

"문제가 생겼습니다."

그래. 세상은 문제투성이고 그중의 절반은 나에게 찾아오는 경향이 있지. 나는 당황하지도, 절망하지도 않고 세희에게 물었다.

"이번에는 또 뭔데?"

세희가 순순히 대답했다.

"나래 님이 주인님의 하렘에서 이탈했다는 사실이 인간과 요괴들 사이에 **널리** 알려지게 되었습니다."

"하렘이라고 말하지 마라."

"나래 님이 주인님의 삐뚤어진 소꿉놀이에 어울려 주는 것을 그만뒀다는 사실이 인간과 요괴들 사이에 알려지게 되었습니다."

차라리 전이 나았다.

"그래서?"

세희가 손가락을 하나 접었다. 어제의 안 좋은 기억이 되살아나는 것과 동시에 본의 아니게 머리 회전이 빨라졌다.

"그게 무슨 문제야?"

"지금 나래 님의 입장에 대해서 생각해 보시면 답이 나옵니다."

나래의 입장? 내 소꿉친구지. 내가 좋아하는 여자애고.

그렇게 간단히 결론을 내고 입을 열려고 했다가 세희가 소매에서 꺼낸 물건을 보고 생각을 바꿨다.

"그, 그건?!"

"주인님께서도 알고 계시는 물건입니다."

알고 있다. 그것이 브래지어라는 이름의 속옷이라는 것 정도는. 잘하면 랑이의 머리가 들어갈 수 있을 정도의 크기라는 것도.

"아니! 알고는 있는데! 그걸 왜 지금 꺼내냐고! 거기다 그건 또 누구 거야?!"

"힌트입니다."

세희가 제 할 말만을 했다.

"이 브래지어의 크기는 D컵입니다."

그것은 완벽한 힌트였다.

D컵이라는 말에 내 생각이 지금까지 잊고 있었던 한 가지 사실에 와 닿았고, 그것은 수없는 생각의 갈래를 뻗어 갔다.

"그건 그렇고 도대체 이런 것으로 감싸야 할 정도의 지방 덩어리를 달고 어떻게 살아갈 수 있는지 알 수가 없군요."

생각이 정리되었을 때, 세희는 그렇게 말하고 있었다. 나는 가뿐히 무시하고 내가 할 말을 했다.

"나래가 곰의 일족의 차기 수장이라는 거하고 관계있는 거야?"

"이그젝틀리."

영어 쓰지 마라. 모른다.

"주인님께서는 곰의 일족의 주인이십니다. 그리고 나래 님께서는 곰의 일족의 차기 수장이시지요. 그런 두 분에게 문제가 일어났습니다. 이 사실이 주인님의 페도, 실례, 패도에 어떠한 영향을 미칠 거라고 생각하십니까."

생각을 못 했죠. 아니, 안 했지. 거기까지 생각할 정신머리가 내게 남아 있었을 리가 없다. 나래와 어떻게 하면 화해를 할 수 있을까 고민하는 데 내 두뇌를 100퍼센트 풀가동했으니까.

"물론, 바로 어제까지만 해도 세상이 자신을 죽여 줬으면 좋겠다는 눈을 하고 계시던 주인님께서 아실 거라고는 생각하지 않습니다. 그렇기에 주인님의 멘탈이 터진 것을 기념하여 제가 말씀드리겠습니다."

세희도 나만큼 솔직한 성격은 아니지. 더 안 좋은 건, 이 녀석은 사람을 괴롭히는 걸 즐긴다는 거다.

"주인님 한정입니다."

"생각 좀 읽지 마라."

"짐작입니다."

그건 다행이네. 내가 정상이라는 말이니까.

"그래서 어떻게 됐는데?"

세희가 말했다.

"요괴의 왕이 곰의 일족을 등한시하여 차기 수장이 현 체제에 불만을 가진 끝에 반항하고 있는 것으로 알려졌습니다."

……그것참, 새빨간 거짓말이라고 할 수 없는 게 슬프다. 하지만 지금 문제는 그게 아니다.

"그리고 그 수습을 위해 새언니께서 다시 움직이시기로 하셨습니다."

그게 문제지.

"……괜찮을까?"

"새언니께서는 A/S라고 생각하라고 말씀하셨습니다. 다만."

제발 그렇게 말을 자른 다음에 뜸 들이지 마라. 듣는 사람 심장에 안 좋다.

"그래 봤자 임시방편입니다. 주인님과 나래 님의 관계가 호전되지 않으면 의미 없는 행동이 되겠지요. 상황이 호전된다 하더라도 **감찰원이 올 가능성도 부정할 수 없습니다.**"

즉, 인간과 요괴의 사이가 다시금 악화될 수도 있다는 말이다.

"그런 연유로 무슨 일이 있더라도 나래 님을 다시 데려오셔야겠습니다, 주인님."

"네가 그런 말 안 해도 다시 데려올 생각이었어."

"아닙니다."

세희가 고개를 가로저었다.

"그런 안일한 생각으로 말씀하시면 안 됩니다."

신경이 살짝 날카로워진다.

"그렇게 말하지 마."

"사실이 그러하잖습니까. 단순히 자신이 싫다고 집을 나간 여자 친구를 다시 데려오겠다는 심정으로 행동하실 시간은, 이미 지나갔다는 말입니다."

세희의 입꼬리가 쓰윽 올라간다.

"지난 열흘간 말이죠."

세희에게는 역시 이런 비웃는 미소가 어울려. 화가 나지만 말이야.

"지금은 무슨 일이 있더라도, 무슨 방법을 써서라도 나래 님이 주인님과 같이 있도록 해야 하는 상황이란 말입니다. 그 점을 인지해 주시길 바랍니다."

무슨 말을 하고 싶은지 알 것 같다.

그래서 짜증 난다. 마치, 저녁상을 차리러 부엌에 들어갔더니 아버지께서 밥 멀었냐고 말한 소리를 들은 기분이라고.

"나래의 마음은?"

"제게 가장 중요한 것이 무엇인지 아시지 않습니까."

"그러냐? 그러면 네가 알아서 하지그래?"

"그래도 되겠습니까?"

세희가 소매에서 수갑을 꺼내 손가락으로 빙빙 돌렸다. 이런 게 이 녀석의 짜증 나는 부분이지.

"할 거냐."

"그래서 주인님께서 행복해하신다면."

의미 없는 기 싸움을 할 생각은 없다.

"하지 마. 내가 알아서 할 거니까."

세희가 슬며시 미소 지었다.

"그렇다면 슬슬 제게 사랑의 융단 폭격 작전의 개요에 대해 말씀해 주시지 않겠습니까?"

이거군. 세희가 내게 하고 싶은 말이 이거라는 것을 나는 직감적으로 깨달았다.

나래와의 다툼이 단순한 개인과 개인의 문제가 아닌 사회적인 문제가 되었다는 것을 알려 줌으로써 자신의 질문에 도망칠 구석을 없애 버린 기다.

망할 녀석. 나는 어쩔 수 없이 내 생각을 그대로 전했다.

세희는 내 이야기를 듣고 잠시 고심한 다음 내게 말했다.

"주인님. 저는 주인님을 어렸을 때부터 감시하고 있었습니다. 그렇기에 주인님의 생각을 어느 정도 짐작할 수 있게 되었지요. 하지만 나래 님은 다릅니다. 그때는 그저 주인님의 성장을 위한 도구 정도로 지켜보았기 때문에 나래 님에 대해서는 자세히 파악하지 않았습니다."

지금은 어떤지에 대한 말을 쏙 빼먹고 세희가 말을 이었다.

"그렇기에 묻겠습니다. 그 계획을 성공시킬 자신이 있으십니까?"

나는 고개를 끄덕였다.

"진심이십니까?"

재차 물어 오며 내 생각을 꿰뚫어 보려는 세희에게 나도 진심을 다해 말한다.

"그래."

세희가 눈을 감고 고개를 숙인다. 무슨 생각을 하는지 종잡을 수가 없다.

하지만 이내 고개를 든 세희는,

"그렇다면 주인님."

성장한 아이를 보는 어머니의 표정으로 말했다.

"믿고 기다리겠습니다."

그 모습은, 지금까지의 세희의 분위기와 달랐다.

이번 일을 해결하는 동안, 자신은 철저하게 방관자의 입장에서 있겠다는 느낌이 들었다.

그래서 나는 말했다.

"무슨 소리야? 너는 날 도와줘야지."

세희의 얼빠진 얼굴은 가끔밖에 볼 수 없지만 그때마다 내 가슴을 두근두근 뛰게 만들어 준다.

"나는 아이들을 데려가지 않는다고 했지, 너를 데려가지 않을 거라고는 말 안 했다?"

"……저에게는 의지하지 않을 자신이 있다는 말씀이십니까?"

나는 세희의 오해를 정정해 주기로 했다.

"아니. 너는 날 밀쳐 낼 수 있으니까."

"그렇습니까. 그렇군요. 알겠습니다, 주인님."

세희는 어딘가 기쁜 기색을 보이며 문 앞에서 비켜섰다. 이야기가 끝났다고 받아들인 나는 다시 안방으로 가기 위해 의자에서 일어나 문을 열고 방에서 나갔다.

그런 내 등 뒤로 세희의 작은 목소리가 들려왔다.

"하지만 그리 말씀하시니 주인님을 넘어뜨리고 싶어지는군요, 후후후."

……무섭게 그런 말 하지 마.

세희와의 이야기를 마친 나는 안방으로 다시 돌아가게 되었다. 그리고 나는 잠시 내 눈을 의심했다.

도대체 내가 내 방에 가 있는 동안 무슨 일이 있었는지는 모른다.

하지만 결과는 안다. 먼저 가장 눈에 띄는 것부터 말해야겠지.

평소에는 내 시야에 거의 들어오지도 않고 말소리도 한 귀로 듣고 한 귀로 흘리는 경우가 많은 가희가 소파에 앉으신 어머니의 발밑에 널브러져 있었다.

……어째서? 정신을 잃었다는 건 알겠는데 저 지경까지 간 이유를 모르겠다. 어머니의 기분이 그다지 좋지 않아 보이는 게 분명 관계가 있겠지.

그다음으로 눈에 띄는 것은 냥이가 어머니의 허벅지에 머리를 대고 누워 있다는 거다.

냥이다. 랑이가 아니다. 검둥이라는 애칭을 가지고 있는 그 녀석 맞다. 그 녀석이 겉으로는 불만스러워 보이면서도 내심 지금 상황을 즐기는 표정을 짓고는 어머니의 허벅지를 베개 삼아 누워 있다는 말이다.

잘못 본 거 아니냐고? 랑이를 오래 봐 온 나다. 쌍둥이 언니인 냥이의 표정도 어느 정도는 읽을 수 있다. 아니, 그런 것도 필요 없어.

살랑살랑하는 꼬리를 보면 누구나 다 안다고!

"이제 충분하지 않느냐~ 이제 그만두거라~"

어머니를 올려다보며 전혀 설득력 없는 목소리로 전혀 설득력 없는 말을 하는 냥이가 있었다. 어머니는 싱긋 미소 지으면서 말씀하셨다.

"난 옛날부터 고양이를 키우고 싶었단다. 조금만 더 있어 주렴."

어머니, 그 녀석 호랑이예요.

냥이도 어머니께서 자신을 고양이 취급했다는 것에 화가 났는지 꼬리를 부풀리며 화를 냈다.

“내, 내가 어딜 봐서 고양이로 보이느냐앙~? 이 몸은 호랑이다앙~”

어머니는 시선을 돌려 나를 보며 말씀하셨다.

“왜 그렇게 보이는지 우리 아들 앞에서 말해도 되는 거니?”

냥이가 시선만 돌려 나를 본 뒤 안 그래도 붉은 얼굴을 더욱 새빨갛게 붉히며 귀를 바짝 세웠다.

“네, 네놈?! 들었느냐!”

나는 일부러 뒷목에 손을 가져다 대며 곤란하다는 것을 보여 주며 말했다.

“보고 있는데.”

자신의 상황을 깨달았는지 냥이가 꼬리털을 바짝 세우며 벌떡 일어났다.

“안 돼.”

어머니께서 냥이의 어깨를 잡아 눌러 다시 눕혔다. 냥이가 몸을 꿈틀거리며 어떻게든 벗어나려고 했지만, 어머니께서는 요지부동이었다.

무력으로는 지금 상황에서 벗어날 수 없다는 걸 깨달았는지, 냥이가 소리치듯 말했다.

“이, 이것 놓거라! 무슨 인간이 이리 힘이 세느냐?!”

"요괴라는 건 육체가 있다 해도 혼에 영향을 많이 받잖니? 그렇다면 육체가 아닌 혼을 강제하면 되는 거니까 힘은 관계 없단다."

냥이가 경악해서 소리쳤다.

"네게는 아무런 힘도 없지 않느냐?!"

"요술이니 선술이니, 그런 건 몰라요. 하지만 인간의 힘은 그런 게 아니잖니?"

"서, 설마 자신의 의지만으로 나를 꼼짝도 못하게 만들고 있다는 것이느냐."

어머니께서는 고개를 끄덕이셨고 냥이의 표정이 경악으로 물들었다.

"너는 괴물이로구나! 너 같은 자의식의 집합체가 이 세상에 어떻게 존재한단 말이느냐?!"

"어머나, 새엄마한테 괴물이라니. 예의범절을 가르칠 필요가 있겠구나."

무슨 말인지 모르겠다. 나는 언젠가 내가 이해할 수 있는 날이 오기를 기대하며 어머니의 말씀을 머릿속에 집어넣었다.

"그보다 왜 이렇게 된 거예요?"

나는 어머니의 옆에 앉으며 가희와 냥이를 번갈아 가리키며 말했다. 어머니께서는 가희를 보고는 인상을 찌푸리고는 말씀하셨다.

"흉계를 꾸미고 있는 게 눈에 밟혀서 밟아 줬지."

……세희는 왜 가만히 놔두시는 겁니까.

"우리 냥이는 단순히 귀여워서."

나는 냥이를 뚫어져라 쳐다봤다. 냥이가 눈을 부라리며 소리쳤다.

"그딴 눈으로 나를 보지 말거라!"

"그런 식으로 말하면 못써요."

어머니께서 손으로 냥이의 눈을 가렸다.

"으냐앗!!"

화가 났는지 냥이가 두 팔, 두 다리를 쭈욱 펴며 반항했지만 어머니 앞에서는 소용이 없었다.

"착하지, 착하지."

이상한데. 왜 냥이가 어머니한테 제대로 반항을 못 하는 거지? 이 녀석은…….

"그보다 우리 아들."

어머니의 말씀에 정신이 퍼뜩 들었다.

"예!"

"엄마한테 할 말이 있어서 온 거 아니었니?"

아, 그랬다. 방 안의 충격적인 풍경에 까먹고 있었다. 그러고 보니 다른 아이들은 다 어디로 갔지? 그런 의문을 품으며 나는 어머니께 대답했다.

"아, 좀 이따 서울로 올라가려고요."

"그래?"

"그런데 어머니는 언제 가실 거예요?"

어머니는 빙긋 미소 지으시고서는 내 머리를 쓰다듬어 주셨다.

"엄마도 우리 아들보다 좀 늦게 출발할 거란다."

궁금해졌다.

"어디로 가시는데요?"

"이번에는 조금 가깝단다."

어머니께서는 동네 마실 나가는 것처럼 말씀하셨다.

"중국이야."

중국?!

……생각보다 너무 가까운 거 아닌가?

"1시쯤에 헬기가 올 거라고 연락이 왔단다."

그 때. 지금까지 계속 무시당하고 있던 녀석이 꼬리에서 부적을 꺼내 손에 쥐었다.

"나를 이런 꼴로 만들어 놓고 너희들은 태평하게 무슨 이야기를 하고 있느냐! 빨리 놔주지 않으면 나도 가만히 안 있을 것이니라!"

아, 이 녀석. 진짜 화났나 보네. 어머니에게 허벅지 베개를 받는 건 좋아하는 것 같은데, 그걸 나한테 보여 주고 있다는 게 문제인가 보다.

"우리 아들한테 보이기가 부끄러운 거구나?"

그걸 또 말씀하시는 게 우리 어머니답다.

"부끄럽긴 누가 부끄럽다는 것이냐!"

"알았어요. 오늘은 이 정도로 참아 줄게."

냥이가 빼액 소리를 지르자 어머니께서 어쩔 수 없다는 듯이 손을 놓아주셨다. 그러자 냥이가 벌떡 일어나서 어머니 발치에 정신을 잃고 쓰러져 있는 가희의 뒷목을 잡고서는, 마루로 이어지는 문을 열고서 뒤를 돌아보며 말했다.

"다음에도 이러면 내 가만있지 않을 것이니라!"

어머니께서는 빙긋 웃으시며 말씀하셨다.

"해 보렴. 가능하다면."

……무서워라.

"크윽!!"

냥이는 뭔가 말을 하려고 하다가 의미가 없다는 걸 깨달았는지 휙! 고개를 돌리고서는 쾅! 하고 방문을 닫고 나갔다.

"요괴들 사이에서는 흑호 님이라고 불려서 우리 아들이 상대하기 괜찮을까 걱정했는데, 만나 보니 귀여운 아이였네. 그렇게 생각하지 않니?"

"하, 하하하……."

그렇게 생각하시는 건 어머니뿐일 겁니다.

"그런데, 우리 아들."

어머니께서 말씀하셨다.

"갈 거라면 지금이란다. 우리 아기들은 엄마가 부탁한 것 때문에 다들 정신이 없으니까 말이야."

다른 아이들이 안 보인다 했더니 어머니 때문이었나. 그보다, 어머니께서는 내가 세희만 데리고 서울에 올라가려고 했다는 걸 짐작하고 계셨구나.

"……알고 계셨어요?"

"말했잖니. 우리 아들은 아빠하고 많이 닮았다고."

"어머니 말씀이라고 해도, 그건 아니라고 목숨 걸고 말씀드릴 수 있습니다."

어머니께서 아무 말 없이 웃으셨기에 나는 어쩔 수 없이 화제를 돌릴 수밖에 없었다.

"그건 그렇고, 가긴 가더라도 애들에게 설명 정도는 해 줘야 할 것 같은데요."

일단 나 혼자 서울에 올라갈 거라는 말과 그 이유를.

어머니께서는 그런 내 생각을 짐작하셨는지 살짝 고개를 저으셨다.

"이럴 때는 엄마에게 믿고 맡겨도 돼요. 아무리 엄마라고 해도 우리 아들이 어제 겨우 병석에서 일어났는데 무리시킬 생각은 없으니까."

"아니, 뭐, 무리는 아니에요."

오히려 아이들과 있으면 마음에 평온과 안식이 찾아와서 도움이 되니까.

하지만 어머니께서는 다리를 꼬며 고개를 흔드셨다.

"우리 아기들이 우리 아들의 결정에 시무룩해진 표정을 보고서도 마음 안 아파할 자신은 없잖니?"

부정 못 하겠다.

"거기다 엄마는요. 우리 아들이 엄마의 함정에 빠지지 않고 당장 움직이는 모습을 싫어하지 않아요. 그러니까 이번에는 특별히 손을 들어 줄게."

무슨 뜻이지?

"함정이요?"

"일주일이라는 시간을 준 것 말이란다."

"……그게 함정이었습니까."

"만약 오늘 안 움직였으면 내가 직접 멱살을 잡고 끌고 가다 중간에 떨어뜨릴 생각이었단다."

중국 가는 길에 말이죠.

어머니께서는 평온하게 말씀하셨지만 내 등골은 오싹하다. 그런 가능성은 전혀 생각 못 하고 있었거든.

"그럼 잘 갔다 오렴."

그 말씀은 나에게 있어 당장 지리산에서 떠나라는 권고와 같았다. 나 역시 시간을 끌 생각은 없었기에 고개를 끄덕였다.

"예."

그 전에 정미 누나한테 전화 한 번 하고.

세 번째 이야기

"……."

"……."

나와 단둘이서 서울로 향하고 있는 세희의 기분이 좋지 않아 보이기에 나는 슬쩍 말을 꺼냈다.

"사랑하는 안주인님과 잠시 헤어져 있어야 한다는 것 때문에 짜증 나는 건 이해하지만 말이다."

나도 그러니까.

"표정 좀 풀어라. 누가 보면 영영 생이별한 줄 알겠다."

"……."

세희가 매서운 눈으로 나를 노려본다. 왜. 뭐. 내가 뭘 잘못했는데?

"알겠습니다. 여심의 여 자도 모르는 주인님께 너무 많은 것을 바란 저의 잘못입니다."

그런 말이 왜 지금 나오냐고 물어보려는 찰나, 세희가 말을 이었다.
"그보다 슬슬 서울에 도착하는데, 이제 나래 님을 찾아 알몸으로 만들어 물구나무서게 만든 채로 주인님 앞에 대령하면 되는 겁니까."
무시무시한 소리를!
"하지 마! 넌 상황을 더 악화시킬 생각이냐!"
"농담도 못 합니까."
"네가 하면 농담 같지가 않으니까 문제다."
"그렇다면 장난을 치는 건 괜찮습니까?"
나는 딱 잘라 말했다.
"하지 마. 너라면 여기서 날 떨어뜨린 다음에 땅에 처박히기 전에 잡아채는 장난을 칠 것 같으니까."
"칫."
생각했군.
"그게 싫으시면 **제 목이라도 끌어안으시죠.**"
나도 처음에는 그랬다. 하지만 몇 분 안 돼서 포기할 수밖에 없었지.
"불편하더라고."
"이런 곳에서 몸의 편안함을 중점에 두실 수 있을 정도로 성장하셨군요."
이런 곳. 즉, 하늘.
나는 서울을 향해 날아가고 있는 세희의 품에, 동화 속에 나오는 공주님처럼 안겨 있다. 공주님과 다른 게 있다면 세희의 목에 손을 두르지도 않고 팔짱을 끼고 있다는 것 정도일까.

말했지만, 목에 팔을 두르는 건 자세가 불편해서 몸에 무리가 간다고.

"……참으로 태평하신 것이 인간 말종 오라버니의 20대 시절을 보는 것 같습니다."

나는 세희의 목에 팔을 두르며 몸을 벌벌 떨었다.

"히익! 무서워!"

어머니에게도, 세희에게도 아버지를 닮아 간다는 평가를 받는 게 무서워!

"그보다 슬슬 마음의 준비를 하시지요."

어딘가 기분이 풀린 듯한 세희의 말에 나는 장난은 그만두고 먼 곳을 바라보았다. 한눈에 들어오지 않는 거대한 도시가 보였다.

"지금부터 나래 님의 저택으로 모시겠습니다."

세희의 말에 나는 고개를 가로저었다.

자리가 자리인 만큼 나도 나름대로 옷을 차려입어야 할 필요가 있다.

"아니, 그 전에 일단 집으로 가지."

내 말에 세희의 표정이 순간적으로 굳은 것을 보았다. 내가 아니라면 눈치채지 못할 정도로 순식간에 평소의 무표정으로 돌아와서 내 눈을 의심할 정도였지만.

"……들르실 필요가 있습니까?"

살짝 말을 흐리는 세희의 태도에 나는 확신을 가질 수 있었다.

이 녀석이 지금 뭔가 꾸미고 있다는 걸. 그렇지 않다면 이렇게 직접적으로 힌트를 줄 리가 없으니까.

무슨 일이 있을지는 모르겠지만 나는 각오를 하고 세희에게 말했다.

"응."

"알겠습니다."

잠시 후.

나와 세희는 서울의 우리 집에 도착하게 되었다. 오랜만에 다시 왔어도 별로 달라진 게…….

"……뭐야, 이거."

많았다. 너무 많아서 뭐부터 말해야 할지 모르겠다.

먼저 대문이 날아가 있다. 응. 대문이 박살 난 채로 날아가 있어. 공업용 망치로 치기라도 했는지 움푹 들어간 채로 마당에 굴러다니고 있다.

벽에는 온갖 욕설이 가득 쓰여 있다. 내 부모님의 안부를 찾는 것은 양반이라고 할 정도다. 벽 한쪽에는 불에 그슬린 흔적이 있는 게 마치 불이라도 지르려다 미수로 끝난 것 같다.

마당은 쓰레기들이 널려 있다. 바둑이의 집도 완전히 박살 난 채로 내려앉아서 쓰레기 더미와 분간하는 데 시간이 걸렸다. 아마 집 안 꼴도 말이 아닐 것 같다.

나래와 같이 서울에 왔을 때는 우리 집에 들르지 않아서 몰랐다. 이런 꼴이 되어 있었을 줄은 상상도 하지 못했다.

내 소중한 추억의 장소가 이런 꼴이 되어 있을 거라고는 꿈에도 생각 못 했다.

"하……."

그 처참한 광경에 말을 잃고 있자니, 세희가 말했다.

"죄송합니다, 주인님. 주인님께서 집에 들르실 거라는 것을 예상 못 하고 방치해 두었습니다."

내가 성장을 하긴 했구나. 세희가 예상 못 하는 짓을 하기도 하고.

……라고 생각할 것 같냐.

"거짓말하지 말고 사실대로 말해. 네가 짐작 못 했을 리가 없잖아."

"저라고 전지전능한 신은 아닙니다, 주인님."

"지금 내가 정신적으로 좀 힘드니까 바로 본론으로 넘어가자, 제발. 응?"

내 부탁에 세희가 고개를 끄덕였다.

"다시 한 번 더, 세상은 주인님의 주변과 달리 달착지근한 것이 아니라는 것을 피부로 알려 드리고 싶었습니다. 이 세상에 요괴의 존재를 알고 있었던 자가 있었음에도 그 사실을 숨기고 있었던 것은 그만 한 이유가 있었기 때문이라는 것도 말이죠. 다만 지금과 같은 상황을 가정한 것은 아닙니다. 그렇다고 찾아온 기회를 피할 생각도 없었습니다만."

"……이럴 필요 없이 말로 해도 됐잖아."

"피부로 알려 드리고 싶었다, 고 말씀드렸습니다."

맞는 말이지. 하지만 그래도…….

하아……. 요즘 들어 정신적으로 피곤한 일이 너무 많은 것 같은데.

약간 탈진 상태가 된 내게 세희가 말했다.

"주인님께서는 언젠가 직접적으로 다가올 세상의 악의를 감당하실 수 있어야 합니다. 주인님께 호의적인 자들만 세상에는 있지 않으니까요. 왕이 된다는 것은 그런 겁니다."

"음……."

그런 건 나도 알고 있었다. 한 달간 지리산에 처박혀 있었던 것도 그런 이유고, 집 밖에 무장 단체가 머무르고 있던 것도 같은 맥락이었으니까.

하지만……. 내 유년 시절을 보낸 우리 집이 이렇게 엉망이 되어 있는 걸 직접 보게 되니까 실린 무게가 다르네. 그 마음을 가득 담아 깊은 한숨을 쉬고 씁쓸한 미소를 지으며 말했다.

"그래서?"

"……."

"그게 다가 아니잖아."

전에도 비유했듯이, 세희는 솜씨 좋은 사냥꾼이다. 하나의 덫을 파 두지 않는다. 세희가 하나라고 말하면 언제나 그 너머에 있을 둘, 셋을 생각해야 한다.

나는 그것을 이미 경험을 통해 배웠다.

"뭘 말하고 싶은 거야?"

세희는 어쩔 수 없다는 듯 어깨를 으쓱했지만 그 표정에 장난기는 보이지 않았다.

“직접 찾으실 생각은 없으십니까?”

“집이 이 꼴 난 건 아무리 나라고 해도 좀 충격이라서. 기왕이면 편하게 말해 줬으면 좋겠다. 어제는 정신적, 육체적으로 힘들었고 지금은 정신적으로 힘든 불쌍한 주인님 생각 좀 해 줘라.”

“어제보다 나아지셨으니 괜찮으시겠군요.”

세희의 말에 나는 진심을 다해 말했다.

“살려 주세요.”

모자라다면 엎드려 빌 생각도 있습니다요.

“……알겠습니다.”

세희가 말했다.

“조금 이르겠지만, 주인님께서 무엇을 하셔야 하는지 알려 드리고 싶었습니다.”

……그런 거였냐.

난 가끔 세희가 내가 아는 녀석들 중에서 가장 상냥한 사람이 아닐까 생각하게 된다. 그 방식이 날 괴롭게 만들 뿐이지. 좀 친절하게 해 주면 얼마나 좋을까.

나는 속으로 투덜거리며 발걸음을 떼었다.

집에 신발을 신고 들어가는 건 처음이었다. 하지만 그렇지 않았다가는 널브러져 있는 유리 조각에 다칠 것 같아서 어쩔 수 없었다. 여러 오물 때문에 더럽기도 하고 말이야.

"……장난 아니네."

집 안을 보니 기분이 더욱 착잡해졌다. 아이들과의 추억이 있기 때문일까.

소파는 칼붙이로 갈기갈기 찢겨 랑이가 낸 흠집 같은 것은 눈에 들어오지도 않을 정도다. 랑이가 이마를 부딪쳤던 탁자는 반으로 갈라져 내려앉았고, 나래와 세희가 말다툼을 하며 요리를 준비했던 싱크대는 쓰레기 더미로 가득 채워져 있다. 치이와 페이가 쓰던 방의 모니터는 모두 박살이 나 있었다.

더 이상 자세히 보는 건 내 정신 상태에 좋지 않겠군. 돌아가자. 집 안이 이런 꼴인데 내가 갈아입을 옷이 남아 있을 리가 없다.

그런 간단한 걸 생각하지 못한 걸 보면 지금 나도 꽤나 몰려 있나 보네.

"야."

"치웁니까?"

내가 원한 말이었지만 지금은 아니다.

"아니, 괜찮아. 나중에 치우지, 뭐."

"다른 이야기입니다."

세희는 미소 짓고 있었다.

"주인님께서 원하신다면 **우리 집**을 이렇게 만든 자들을 모두 쓸어버릴 수 있습니다. 모조리. 아예, 입도 뻥긋 못 하도록 도륙을 내 버릴 수도 있다는 말입니다."

말뿐만이 아닌 것같이, 세희의 미소는 보고 있는 내가 오싹해질 정도로 냉혹한 아름다움을 내뿜고 있었다. 내 입에서는 한숨이 나왔지만.

"알고 있구나, 너. 그러면 좀 말리지 그랬어. 다른 방식으로도……."

아니, 아니다.

"말릴 수 없었던 거네. 맞지?"

지금 화를 내고 있는 걸 보면 세희도 이런 걸 원한 게 아니었지만 내버려 둘 수밖에 없다는 말이 된다. 그 이유는…….

"예. 사람의 감정이란 한번 쏟아 내면 별것 아닌 것이 되기 쉽지만 결과는 남아 있으며, 자신의 감정이 이루어 낸 결과를 뒤돌아보면 죄책감을 가지게 되고, 그 죄책감을 이용해 주인님께 동정 여론을 형성하는 데 좋기 때문이었습니다."

나는 거기까지는 생각 못 했다. 그냥 화풀이 대상이 필요했다는 것, 거기까지밖에.

그럼 잠깐 일의 순서를 정리하자면,

1. 집이 이런 꼴이 되어 가는 걸 알고 있었지만 세희는 위와 같은 이유로 막을 수 없었다.

2. 이왕 이렇게 된 거, 인젠가 나에세 써먹노록 하자.

3. 가는 날이 조금 이른 장날.

이런 거지.

"그런 이유만 있는 것은 아니지만 말이죠."

세희가 사악한 미소를 지었다.

내가 예상하지 못한 이유라도 있는 거냐?! 묻고 싶은 마음이 태산 같지만 이 녀석이 이런 식으로 나올 때는 물어봐도 대답해 주지 않는 경우가 대다수다. 지금 대답해 줄 만한 것에 대해 질문하자.

"그런데 지금은 그래도 괜찮냐?"

두루뭉술하게 말했지만 세희는 세희다. 모를 리가 없다.

"대중들의 관심은 그 어떤 큰 비극이 있다 해도, 사람들의 분노를 이끌어 내는 일이 있다 해도, 근 시일 내에 가라앉습니다. 현실에서 변한 것도, 제대로 된 처벌을 받은 자가 없다 해도 말이죠. 주인님에 대한 관심도 이와 마찬가지입니다."

"너, 세상에 불만 있지."

"제가 불만을 가지지 않는 것은 세상에 안주인님 한 분뿐입니다."

설득력 넘치는 이야기다.

랑이는 도대체 어떻게 이 녀석의 마음을 휘어잡은 거야?

"그 불만은 일단 접어 두고, 괜찮아. 요괴의 왕이 된다고 했을 때부터, 아니, 랑이의 손을 다시 잡을 때부터 각오했던 일이니까."

세희의 미소가 가벼워지며 손이 소매 속으로 들어간다.

"그러고 보니 그때의 각오를 그린 만화가 절찬리 판매되고 있습니다."

"소설로 모자라 만화까지 그렸냐."

바쁘다는 건 분명 거짓말이야.

"그런 거 보여 줄 거면 옷이나 꺼내 줘라. 이런 차림으로 나래를 만나러 가는 건 좀 그러니까."

"알겠습니다."

세희는 고개를 끄덕였다.

화장실에서 세희가 꺼내 준 옷으로 갈아입고 깨진 거울에 나를 비쳐 본다. 조각조각 난 거울을 통해 본 내 얼굴 상태는 많이 나아져 있었고 옷도 제법 어울린다. 격식 있는 자리에 나가도 될 것 같다는 느낌.

"옷이 날개라고 합니다."

놀랐네. 세희의 모습이 거울에 비치지 않아서 뒤에 있는지도 몰랐다.

"어울린다는 거야, 안 어울린다는 거야?"

"어울린다는 말입니다. 그보다 슬슬 가시겠습니까? 저와 대화만 나누다가 하루가 저물어 가겠습니다."

세희의 말을 들으니 긴장이 된다.

뭐라 해도 다시 나래를 만나러 가는 거니까.

"괜찮습니다, 주인님."

그런 내게 세희가 위로이자 격려를 해 왔다. 물론 이 녀석의 성격상 제대로 된 말은 안 하겠지만.

"가서 나래 님께 이렇게 말씀하시면 됩니다. '너는 내 어머니가 될 여자였다!'라고 말이죠."

……무슨 소리인지 잘 모르겠으니, 또 서브컬처 쪽 말장난이겠지. 나도 페이와 이 녀석 때문에 간간이 시간 날 때 공부

하는 느낌으로 접하고는 있지만 깊이가 다르니 이해하는 건 힘들다니까.

"안주인님으로 시작한 덕질이 벌써 5천 년입니다. 우습게 보시면 안 됩니다."

"됐네요."

나와 세희는 시시한 농담을 하며 집을 나서서 거리로 향했다.

그리고 나는 나에게 있어 나래가 얼마나 큰 의미를 가지고 있었던 사람인지 깨달았다.

세희와 걷고 있자니 나래와 데이트를 할 때는 보이지 않던 것이 눈에 들어왔거든.

한 가지 예를 들면, 그래.

서울 한복판에 걸어 다니고 있는, 요괴로 보이는 성인이라든가. 그 요괴를 감시하는 듯 바로 뒤에서 따라가고 있는 곰의 일족이라든가. 그들을 경계의 눈초리로 살피는 인간들이라든가.

요괴의 존재가 세상에 알려진 뒤로, 드물지만 요괴들이 인간 세상에 모습을 드러내는 것 같다. 서류를 통해 알기는 했지만 이렇게 직접 보니까 느낌이 다르군.

물론 다른 사람들 입장에서는 TV에 나온 요괴의 왕이 길거리에 돌아다니고 있는 게 더 신경 쓰일 법하지만 내게는 세희의 요술이 있으니까.

그렇게 세상은 조금씩 변하고 있는 것 같다. 처음이기에 조심스러워 보이지만.

"사태의 심각성을 유추하실 수 있을지 궁금하군요."

"무섭게 왜 그래."

세희는 대답하지 않고 전매 트레이드마크인 비웃음을 내게 보여 줬다.

나래의 집 앞.

약 2주일 전에 왔던 때와는 달리 조금 쌀쌀한 날씨에도 내 손에는 진득한 땀이 흐르고 있다. 슬쩍 엉덩이에 땀을 닦아 보았지만, 그렇다고 긴장까지 사라지는 건 아니다.

……말해 두지만, 내 엉덩이다.

"그럼 벨을 누르겠습니다."

내 긴장과 고뇌와 망설임과 두려움은 어찌 되었건 좋다는 듯 세희가 커다란 나무로 만든 대문 앞으로 나섰다.

"자, 잠깐만."

나는 일단 세희를 말렸다.

"이, 일단 뭐라도 사 와야 하지 않을까? 으, 음료수라든가, 과자라든가, 휴지라든가, 식용 유라든가, 선물 세드 같은 거."

"……지금이 무슨 명절인 줄 아십니까. 아니면 집들이 오셨습니까."

"좀 봐줘라! 긴장해서 그런 거니까!"

"긴장해서 돈이 나오고 쌀이 나오면 봐드리겠습니다. 그보다 저는 빨리 이 일을 끝마치고 안주인님의 곁으로 돌아가고 싶으니 기다릴 생각이 없습니다."

……그러고 보니 지금까지 세희는 랑이와 이렇게 멀리 떨어진 적은 한 번도 없었구나.

이 녀석 말대로 5천 년의 덕질+ing라는 건가.

"그래도 좀 기다려라. 마음의 준비 좀 하고. 아, 혹시 청심환 있냐?"

세희가 나를 너무나 익숙한 눈빛으로 보았다. 나도 알아. 지금 내가 정말 한심해 보인다는 거.

"술이라도 드립니까?"

짧게나마 고민했다는 점에서 내가 지금 제정신이 아니라는 거지.

"됐어."

"그렇습니까? 그렇다면 마음의 준비가 끝나시면 주인님께서 직접 벨을 누르시지요."

"응."

그리고 시간이 흘렀다.

시간이 흘렀다.

날씨가 점점 따듯해져 가고 있다.

아.

"화장실 가고 싶은데 혹시 주위에 있냐?"

"……."

"뭐! 왜! 생리 현상이잖아!"

"왜, 배가 고프니 밥도 먹고 오자고 하시죠. 마침 점심때도 가까워지고 있으니.”

나는 박수를 치며 반색해서 말했다.

“좋은 생각이네. 일단 밥 먹고 오자. 한국인은 밥심이라고 하잖아.”

따갑다. 아프다. 그렇게 노려보지 마. 내가 지렁이가 된 듯한 느낌이 들잖아.

“……알겠습니다.”

다행이다. 나는 안도의 한숨을 쉬며 고개를 숙였다. 그리고 그 자세로 정겨운 소리를 들었다. 부잣집이든 가난한 집이든 이 소리는 거기서 거기잖아?

-딩동-

초인종 소리 말이야.

“뭐, 뭐야?!”

깜짝 놀라 고개를 들어 보니 세희가 초인종 버튼을 누르고 있었다. 세희는 고개를 돌리지도 않고 다시금 버튼을 눌렀다. 눌렀다. 눌렀다. 계속해서 쉬지 않고. 1초에 17연타 급으로. 표정을 찌푸린 채 신경질적으로 눌렀다.

-딩동.딩동.딩동.딩동.딩동.딩동.딩동.딩동.딩동-

“하, 하지 마!”

“그러니까 누가 사람 짜증 나게 만들랍니까.”

말을 하고 있는 동안에도 초인종을 누르는 속도는 변함이 없다. 아니, 더 빨라졌다.

“넌 기다려 주지도 못하냐?!”

"주인님의, 고민에 찬 우유부단한 소년이 할 수 있는 최대한의 고민이라는 제목의 얼빠진 1인극을 지켜본 지 얼마나 지났는지 아십니까. 무려 한 시간입니다, 한 시간. 제 인생에 이렇게 참을성 있게 상대방의 멍청한 짓을 지켜본 것은 이번이 처음이었습니다. 그러니 좀 닥치시죠."

어, 많이 기다려 줬구나. 난 고민하느라 몰랐다. 내가 잘못했네.

"그렇다고……."

내가 말을 하려고 할 때.

[무슨 일이십니까.]

인터폰 너머로 중후한 남성의 목소리가 들려왔다. 그 목소리를 나는 기억하고 있다. 준호 아저씨다. 세희의 신경질적인 초인종 누르기를 들었음에도 짜증을 내지 않았다는 것이 대단하다고 생각된다. 나 같으면 뛰쳐나와서 일단 멱살부터 잡았을 거야.

"나래 님을 만나러 왔습니다. 안에 계십니까."

[뒤에 계신 분은 성훈 님인 걸 알고 있습니다만……. 아가씨께서는 누구십니까.]

아, 역시 보고 있구나. 이런 집에는 CCTV 같은 게 기본으로 달려 있으니까. 나는 고개를 꾸벅 숙였고 세희는 말했다.

"나래 님의 여자 친구입니다."

놀랐다.

[……]

인터폰 너머에서도 숨을 들이마시는 소리가 들리는 것 같다. 준호 아저씨도 적잖이 놀라신 것 같다.

하지만 나는 다른 의미로 놀랐다.

나는 지금 세희가 나래를 친구라고 말했다는 점에 놀랐다. 지금까지 얼굴만 마주하면 이리저리 다투고, 의견 충돌을 일으키고, 물과 기름 같았던 둘이다. 그런데 지금 자신을 나래의 친구라고 말한 거다.

……그런데 꼭 여자 친구라고 말해야 하냐? 그렇게 말하면 이상하게 해석될 여지가 있잖아?

[……친구라는 의미로 받아들이면 되겠습니까.]

봐 봐.

"다른 의미가 있습니까?"

알면서 모르는 척 하고 있다, 이 녀석. 입가가 살짝 비틀어 올라간 걸 보면 지금 장난치고 있는 거야.

[그렇습니까. 친구분이시군요. 실례지만 성함이 어떻게 되십니까.]

하지만 준호 아저씨는 사회인답게 능숙하게 대꾸했다.

"강세희……."

세희는 그렇게 자신의 이름을 대답하다가, 갑자기 한숨을 쉬었다.

"후우……."

그 한숨과 함께 세희의 음색이 변했다.

"곰의 일족 차기 수장이신 나래 님의 고용인이기 때문에 대우를 해 주는 것도 질렸으니 내 식대로 나가지, 인간."

아, 맞다. 이 녀석 사람을 싫어했지. 아까 집 안 꼴을 보고 한 말에서 기억해 냈어야 했는데.

"또한, 나래 님을 존중하기에 인간의 방식으로 예를 차리고 있지만 이것도 언제까지 갈지 모르니, 얌전히 문을 열도록. 그렇지 않을 경우 네놈의 손가락이 다시는 아무것도 누르지 못하도록 해 줄 테니까."

나는 재빨리 세희의 팔목을 잡아서 뒤로 끌었다. 사과를 하러 왔는데 싸움을 할 수는 없잖아!

"죄송해요, 준호 아저씨. 세희가 인간이 아니라서 조금 말을 막 하는 경향이 있어요. 세희의 말은 흘려들으세요."

[괜찮습니다, 성훈 님. 신경 쓰지 않습니다. 인간이 아닌 분들께 인간의 상식이 통용되기를 바라는 건 의미 없다는 것은 **경험을 통해 이미 알고 있습니다.**]

준호 아저씨, 진짜 어른.

[하지만 문은 열어 드릴 수 없습니다.]

"……예?"

[아가씨께서 말씀해 두셨습니다. 만약 성훈 님이 오신다 해도 돌려보내라고 말이죠.]

나래가 나를 만나는 것조차 거부하고 있다.

이미 각오를 하고 있었음에도 충격을 받을 수밖에 없었다.

그래. 그런 일이 있었는데 손쉽게 만나 주겠어? 이건 당연한 수순이다. 그렇기에 나는 물러나지 않는다.

“그래도…….”

하지만 돌아온 것은 준호 아저씨의 엄중한 경고였다.

[만약 억지로 들어오신다면, 마음의 정리가 끝난 뒤에도 말 한 마디 섞지 않을 것이라 말씀하셨습니다.]

즉, 아직 마음의 정리가 끝나지 않았다는 말이다. 그렇다면 이대로 포기할 수 없다! 어떻게든 내 마음을…….

“그렇답니다. 그럼 돌아가죠, 주인님.”

세희가 나에게 초를 뿌렸다.

조금 전까지만 해도 문 안 열면 다 박살 내 버릴 거라는 기세는 어디 간 건데?

“야. 갑자기 왜 그래?”

내 질문에 세희는 소매를 한 번 흔들어 털었다. 흰 나비 한 마리가 소매에서 나와 날갯짓을 하며 나래 집으로 날아가는 것을 지켜보며, 세희가 말했다.

“나중에 말씀드리겠습니다.”

한 짓을 보면 뭔가 이유가 있는 것 같다. 그게 뭘까 생각해 보려는데 세희의 목소리가 들렸다.

“그보다 언제까지 잡고 있으실 겁니까. 슬슬 놓아주셨으면 합니다.”

응? 뭘?

잡고 있다는 말에 나는 내 손을 보았다. 내 손은 세희의 손목을 아직 잡고 있는 채였다.

“아, 미안.”

나는 손목을 놓고 짧게 사과한 뒤, 생각은 잠시 뒤로 미루고 다시 고개를 돌려 인터폰에 대고 말했다.

"나래에게 다시 한 번만이라도 물어봐 주시면 안 될까요?"

[안 됩니다. 그럼, 안녕히 돌아가시길.]

딸각, 하는 소리와 함께 연결이 끊겼다.

딱 잘라 거절당해 버렸네. 정말로 문을 열어 줄 생각이 없는 것 같다. 그렇다면…….

"여기서 기다린다는 선택지는 없습니다, 주인님."

세희가 내 속을 읽은 것처럼 말했다.

"아까부터 자꾸 왜 그래?"

"옷이 날개라고 해서 머리까지 변하셨습니까?"

해석.

새대가리처럼 멍청하게 굴지 좀 마라.

"뭐가 문젠데?"

세희는 딱 잘라 말했다.

"지금 주인님의 행동은 민폐, 그 이상 그 이하도 아닙니다."

……그, 그러냐.

"어딘가에서 들은 이야기 때문에 헤어진 여친의 집 앞에서 오랜 시간 동안 기다리며, 자신의 정성을 보면 옛 여친이 마음을 돌려 한 번이라도 다시 만나 줄 거라고 헛된 기대를 하는 남자들처럼 바보 같은 짓 하시지 말았으면 합니다. 그건 단순한 민폐이며, 범죄 행위입니다."

세희의 말이 가슴을 찌른다. 아프다. 피 토하게 아프다. 내가 하려던 짓 중 하나였기 때문에 더욱 아프다.

"지, 진짜냐."

"주인님과 달리 저는 여자입니다."

……세희의 말에서 대우주와 같은 설득력을 느꼈다. 그래, 나 같은 둔탱이 남자보다는 같은 여자인 세희가 나래의 마음을 더 잘 알겠지.

"그러면 일단 밥이라도 먹으러 갈까. 네가 말한 그 이유라는 것도 좀 들어 보고."

"이유에 대해서는 말씀드릴 생각이었습니다만……."

세희가 나를 한심하다는 듯이 보며 말했다.

"지금 상황에 밥이 넘어갑니까."

"……그러면 어쩌라고."

세희가 안경을 쓰며 말했다.

"어제 있었던 일과 준호라는 인간의 말을 통해 지금 나래님의 저택 안에서 무슨 일이 있어나고 있는지 유추해 보실 시간입니다."

세희는 그렇게 말하며 안경을 고쳐 썼다. 흘러내리지도 않았는데 말이야. 그런 짓 안 해도 네가 똑똑한 건 세상이 다 아니까 하지 마.

"나보고 생각하라는 거냐?"

"주인님, 그것에 제가 물러나기로 한 이유가 있습니다."

그 말에 모든 것이 담겨 있었다.

"알았어."

세희가 나보고 직접 생각해 보라고 하는 건 분명 열심히 머리를 굴리면 나도 알 수 있는 일이라는 말이다. 이 녀석은 내가 풀 수 없는 문제는 내지 않는다.

나는 생각에 잠겼다.

"그렇다면 자리를 옮길까요."

바로 빠져나왔다.

"……응?"

"생각하는 사람이 되는 길거리 예술이라도 하실 생각이라면 말리지 않겠습니다만."

……그건 좀 그러네. 남의 집 앞에서 생각에 잠기는 것도 상식적으로 이상한 일이기도 할 테고.

그렇게 해서 나는 세희와 카페를 찾았다. 하지만 점심시간이어서 그런지 가는 곳마다 사람이 많아 시끌벅적하고, 이번에 찾은 곳은 밖에서 보기에도 안에 자리가 없어 보였다.

"다른 데 가자."

내 말에 세희는 고개를 흔든 뒤, 유리창을 통해 카운터를 유심히 살펴보았다. 나도 관심이 생겨 카운터 쪽을 보았다.

웃는 미소가 아름다운 점원 누나가 같은 유니폼을 입은, 어딘가 인상이 강해 보이는 누나와 즐겁게 이야기를 나누고 있었다.

예쁘네. 우리 랑이와 치이와 페이와 아야와 바둑이와 성린이가 더 예쁘지만!

"이곳으로 하지요."

잠시 얼빠진 생각을 하고 있었다.

"응? 자리 없잖아?"

"이곳으로 하겠습니다, 주인님."

세희가 결정하면 나는 따른다!

나는 문을 열고 안으로 카페 안으로 들어갔다.

안에 들어가자 향긋한 향을 맡을 수 있었다. 아직 낮인데도 갈색의 조명을 켜 놓고, 조금 넓지만 아득한 분위기의 인테리어가 잘 살아 있는 좋은 카페다. 아니, 좋은 카페 같다. 카페는 자주 오지 않으니까 내가 그런 걸 알 리가 있나.

그건 그렇고.

랑이를 만난 후에 카페에 몇 번이나 오게 되었지만 이 분위기는 익숙해지지가 않는다. 같이 오는 사람은 달라지지만, 다들 눈에 띄는 아이들이니까.

그런 의미에서 세희는 전에도 말한 것 같은데 한복을 입고 다니다 보니 사람의 시선을…….

응? 뭔가 이상한데.

"주, 주, 주, 주문은, 어, 어, 어떻게 하, 하, 하시겠습니까?"

점원 누나가 세히를 보고는 얼굴이 시퍼렇게 질려서는 말도 제대로 못 한다. 나는 세희를 보았다. 세희는 고개를 돌려 나를 보더니 어깨를 으쓱하며 말했다.

"저를 보고 요괴가 아닐까, 하고 생각하는 것 같습니다."

……아. 하긴 이 녀석은 사람 같지 않은 분위기를 물씬물씬 풍기고 있긴 하지. 입고 있는 옷도 조금 특이하고. 옛날이었

으면 조금 특이한 사람이라고 생각하겠지만 지금은 아니다.

요괴가 세상에 존재한다는 것이 공표되었으니까. 세희만큼 이질적인 녀석이라면 사람들이 요괴가 아닐까 충분히 의심할 만하다.

곤란하게 됐네. 귀찮은 소란을 벌이고 싶지는 않은데. 어쩔 수 없나. 상황을 무마하기 위해서 거짓말을 할 수밖에.

"저는 요괴가 아니라 귀신인데 말이죠."

그 전에 물 건너갔다.

"귀, 귀, 귀, 귀신이요?"

"예. 저는 귀신입니다. 그것도 사람을 호랑이 앞에 먹잇감으로 끌고 가는 귀신이죠."

세희가 어울리지 않는 큰 목소리로 카페 안에 찬물을 휙 끼얹었다. 쥐 죽은 듯 조용해진 카페를 둘러보며 세희가 말했다.

"이런, 믿지 못하시는 겁니까? 그렇다면 확인시켜 드리죠."

세희가 손을 들었다. 단순히 허벅지 앞쪽에 모은 손을 들었을 뿐이다. 다만 그 앞에 카운터가 있었고, 세희의 손이 카운터를 쓰윽 통과해서 점원 누나의 턱을 슬쩍 통과한 게 문제였다.

"히이이익……."

아, 기절했다. 점원 누나 기절했어. 옆의 누나도 안색이 시퍼레졌다. 안에 있던 손님들은 허겁지겁 자리를 정리하고 일어나 카페의 문을 열고 밖으로 나간다.

말 그대로 대혼란. 이런 상황에서 세희는 태평하게 말했다.

"주문은 뭐로 하시겠습니까."

"지금 주문하게 생겼냐?!"

"그렇습니까? 그러면 저는 일단 자리에 앉아서 기다리겠습니다. 아. 저는 드립 커피로 부탁드립니다. 주인님께서는 요기도 하셔야 하니 샌드위치라도 드시지요."

지금 벌어진 일들은 모르겠다는 듯이 세희는 소매에서 카드를 꺼내서 내게 준 뒤, 비어 있는 자리에 앉아 손을 들며 새침하게 말했다.

"죄송한데, 여기 자리 좀 치워 주시지 않겠습니까."

그제야 깨달았다.

이 녀석이 왜 이런 만행을 저질렀는지.

지금은 긴 소파에 눕혀진 실신한, 큐트한 점원 누나를 대신해서 쿨하고 기가 세 보이는 점원 누나가 커피와 샌드위치 세트를 떨리는 손으로 테이블 위에 놓고 갔다. 고맙다고 말했지만 어깨를 흠칫 떨며 발걸음만 더욱 빠르게 만들었을 뿐이다.

괜찮을까. 이래도 괜찮을까.

"걱정 안 하셔도 됩니다. 단순히 기절하신 것뿐이고 가게가 입은 물질적 피해는 제 포켓 머니로 보상해 드릴 테니까요."

촬영이 끝난 뒤 스태프가 '맛있게 먹었습니다.' 와 뭐가 다르냐.

"그런 문제가 아니잖아."

사람이 기절했는데. 트라우마라도 남으면 어떻게 할 거야?

"그런 문제는 없습니다. 그걸 위해서 일부러 턱을 만진 거니까요."

머리와 가까운 턱이라, 이 말이지? 턱을 만지며 요술이라도 쓴 건가.

"그래도 인마. 이런 건 아니지. 너답지 않게 왜 그래?"

세희가 모르는 사람에게 직접적으로 민폐를 끼치는 건 내가 알기로 이번이 처음이다. 평소의 세희라면 하지 않을 짓이다. 방금 일은 조금 이상했어.

내 의문에 세희는 고개를 끄덕이며 말했다.

"주인님의 말씀대로 저답지 않은 행동이라는 것은 알고 있습니다. 안주인님과 오래 떨어져 있어서 그런지, **감정이 자제가 안 되는 것 같군요.**"

나, 지금 엄청나게 무서운 소리를 들은 것 같은데.

"……괜찮은 거냐?"

"별일 있겠습니까. 괜찮겠지요. 수틀리면 안주인님분을 충전하고 오거나 주인님 좀 괴롭히면 되는 겁니다."

세희는 태평하게 말했지만 내 머릿속은 그렇지 않다.

"그보다 주인님. 제가 귀찮은 일을 감수하며 멍석까지 깔아드렸는데, 슬슬 답을 찾기 위해 노력해 보시지요."

"나도 그럴 생각이었는데 네가 한 짓을 생각해 봐라. 거기에 신경 쓰게 생겼나."

아, 이 녀석이 한 짓이라고 하니까.

"……그런데 왜 하필 여기로 고른 거야? 이런 짓 할 거였으면 전에 들렀던 곳에도 가능했을 텐데."

"미소입니다."

"뭐?"

"점원의 미소를 보고 이곳으로 정했습니다."

점원 누나의 아름다운 미소를 보고 괴롭히고 싶어졌다. 내 귀에는 그렇게 들렸다.

악마냐, 넌.

"농담입니다. 단순히 이곳의 점원이 심약해 보여 짜증을 풀기에 적합해 보였기 때문입니다."

악마에서 대악마로 변했다.

"앞으로 그런 짓 하지 마. 절대로."

세희가 어딘가 속이 없는 미소를 지으며 말을 돌렸다.

"그보다 대답은 아직입니까."

"내 질문에 대한 대답 먼저 해."

세희가 한숨을 쉬었다.

"때와, 장소에 따라, 다를 겁니다."

이 정도로 타협하라는 것 같다. 나는 고개를 끄덕이고 말했다.

"알았어. 그리고 네 질문에 대한 대답은 지금부터 생각할 거야. 채근하지 마."

“그러면 느긋하게 기다려 보겠습니다. 이 커피를 다 마시기 전까지는 말이죠.”

세희가 커피 잔을 손가락으로 한 바퀴 훑으며 빙긋 미소 지었다. 거, 녀석 무섭게.

자, 그럼. 먼저 어제 있었던 일과, 준호 아저씨가 한 말이 무슨 관계가 있을지 생각해 보자.

……하루밖에 지나지 않은 부끄러운 일을 떠올리니 내 정신 건강에 안 좋군. 만약 오늘 준호 아저씨가 한 말과 연관 지을 수 있는 일을 생각해 내지 못했다면 지금보다 두 배는 괴로웠을 거다.

주의 깊게 들었다면 정말 간단한 거였다. 준호 아저씨는, 인간이 아닌 자들이 성격이 이상하다는 건 경험을 통해 이미 알고 있다고 말했다.

그렇다면 어떻게 알고 있을까?

나는 이미 답을 알고 있다. 왜냐하면, 어제 성의 누나가 나에게 했던 말을 기억하고 있으니까.

“성의 누나가 나래하고 같이 있는 것 같은데.”

“고양이의 상태를 관측하셨군요. 냐옹.”

나는 어울리지 않게 두 주먹을 말아 쥐고서 각각 볼과 머리 옆에 들어 올려서 고양이 소리를 흉내 내는 세희를 싸늘하게 바라봐 주었다.

세희가 두 손을 내리고 흠흠, 하고 헛기침을 한 뒤 말했다.

“죄송합니다. 두 번이나 같은 소재로 농담을 해 버렸습니다."

그런 문제가 아니지만 따져 봤자 뭐하겠냐. 넘어가자. 궁금한 게 생겼으니까.

"그런데 좀 이상하다? 너라면 성의 누나가 나래 집에 있었다는 걸 처음부터 알 수 있었을 것 같은데 왜 ……."

"아니요, 몰랐습니다."

세희가 딱 잘라서 말했다.

"지금의 저는 지리산에 계신 안주인님께서 무엇을 하고 계신지, 지리산 주변에 안주인님을 위협할 수 있는 적이 있는지, 결계에 이상은 없는지, 등등. 안주인님의 옥체를 지키기 위해 제 전력의 95퍼센트를 사용하고 있습니다."

대단하네! 정말! 완전 과보호잖아!

"나머지 5퍼센트는?"

세희는 아무 말 없이 나와 눈을 마주쳤다. 아, 그래. 나도 은근히 보호하고 있기는 하구나.

"그러니 이런 상황에서 나래 님의 주택에 누가 있는지 파악할 요술을 쓸 수 있을 여유는 없습니다. 그래서 몰랐습니다."

어딘가 조금 슬퍼지는 현실을 듣는 것으로 내 궁금증이 하나 풀렸다. 하지만 인간의 호기심은 끝이 없다고 하던가. 나는 다른 것을 물어보았다.

"그러면 그건 됐고. 내가 나래하고 성의 누나가 같이 있는 걸 알아야 하는 이유가 뭐야?"

"주인님."

조금 전까지만 해도 어딘가 장난스러워 보이던 세희가 살짝 표정을 굳히며 말을 이었다.

"정말 모르시겠습니까?"

모른다고 말했다가는 세희에게 무시당할 것 같다. 무시당하는 게 하루 이틀이냐마는, 노력도 안 해 보고 편한 길을 찾다가 실수하는 건 더 이상 싫다.

나는 세희의 커피가 반으로 줄어들 때까지 생각을 해 보았고, 인간쓰레기 같은 답을 찾았다.

"기다리자는 거야? 성의 누나가 상황을 바꿀 때까지?"

내 대답이 내가 생각해도 쓰레기 같은 건 나도 알고 있지만, 그렇다 해도 세희의 반응이 너무했다.

자리에서 일어나 잔에 물을 채워 가지고 와서 입에 가득히 물고 성대하게 뱉어 냈으니까.

"퓹!"

정확히 내 얼굴을 향해.

"아.죄.송.합.니.다.실.수.했.습.니.다.너.무.깜.짝.놀.라.서.요.주.인.님.의.멍.청.함.에."

나는 일부러 딱딱 끊어서 말하는 세희를 노려보며 마른하늘에 물벼락을 맞아 촉촉해진 내 피부를 티슈로 닦아 냈다.

"그렇다고 이럴 것까지는 없잖아."

"사실은 커피를 얼굴에 끼얹고 싶었는데 참은 겁니다."

네가 랑이냐.

"왜."

세희가 커피 잔을 잡으며 말했다.

"찬스 한 번 드리겠습니다."

고맙다.

"아니, 뭐……. 내가 생각해도 인간쓰레기 같은 말이긴 했지."

"그런 문제가 아닙니다."

세희는 커피를 마신 후 말했다.

"주인님은 성의 님에 대해 어떻게 생각하십니까?"

생각하지도 못한 세희의 질문에 나는 당황했지만 이내 쉽게 대답할 수 있다.

"좋아하는 사람."

정강이를 까였다. 아프다.

"왜 때려?!"

세희가 안색을 찌푸렸다.

"지금 제가 주인님의 가계 사정, 실례, 연애 사정이나 듣고 싶어서 말한 줄 아십니까. 애정 결핍증 환자처럼 이 사람 저 사람 성별을 따지지 않고 나 좀 사랑해 달라고 온몸으로 외치며 다 건드리고 다니는 주인님께서 자신에게 관심을 가지면 좋아하지 않을 사람이 어디 있겠습니까. 저는 지금 주인님께서 성의 님을 어떤 특징을 가진 존재로서 바라보는지 묻고 있는 겁니다."

진지한 이야기였다. 그렇다고 해서 내가 조금 전에 장난삼아 이야기했다는 건 아니지만.

"성의 누나를 어떻게 본다라……."

사람에 대해 정의 내리는 것은 어려운 일이다. 주의 깊게 관찰해도 말이야. 하지만 나는 성의 누나에 대해서는 한 가지 단언할 수 있는 점이 있다.

"성의 누나는 포근한 사람인 것 같아."

미리 말해 두지만 가슴 이야기가 아니다! 그 분위기다!

성의 누나와 이야기를 하거나 같이 있으면, 마치 바둑이와 있는 것같이 어딘가 마음이 느슨해지는 경우가 많다. 어머니와 같이 누워 머리를 쓰다듬어지며 자장가를 들으면서 기분 좋은 잠에 드는, 세상 모든 풍파를 내려놓고 안심할 수 있는 느낌이라고 할까.

바둑이도 그런 경향이 있지만, 성의 누나와는 조금 다르다. 뭐가 다르다고 딱 집어서 말할 수는 없지만.

그래서 내가 잠깐 정신이 나가 있을 때, 성의 누나는 위험하다고 생각한 거였고.

"그렇습니다. 성의 님은 별의 의지답게 무엇이든 포용하고 어떤 사람이든 마음을 편안하게 만드는 경향이 있습니다. 그렇기에 주인님도 생각보다 쉽게 마음을 여신 것도 있지요."

"……쉬웠냐? 그게?"

"최악의 수단은 쓰지 않았으니까 말이죠."

"그건 또 뭔데."

세희의 입꼬리가 슬쩍 올라갔다.

"듣고 싶으십니까?"

들었다가는 다시는 돌아올 수 없는 곳으로 떠나 버릴 것 같기에 나는 고개를 저었다.

"옛말에 군자는 위험한 곳에 가지 않는다고 했지. 내가 군자는 아니지만."

세희가 뭔가 말을 하려다가 입을 다물었다. 네가 군자 운운하며 날 놀릴 줄 알고 선수 쳤지. 우하하핫! 어떠냐! 나에게도 학습 능력이라는 게 있다!

"그렇다면 한번 저와 제대로 된 말싸움을 벌이시겠습니까."

"아니, 미안. 그냥 한번 우쭐거리고 싶었다."

나는 바로 백기를 든 다음에 말을 이었다.

"그건 그렇고, 성의 누나가 그런 사람이라는 게 내가 쓰레기 같은 말을 한 거하고 무슨 상관이 있어?"

세희가 말했다.

"시간이 지나면 실제로 주인님의 말씀대로 될 가능성이 있기 때문입니다."

내 말대로 될 가능성. 나는 성의 누나가 상황을 바꿀 수 있다고 말했다.

그 순간.

나는 그런 생각을 한 나 자신에 대한 지독한 혐오감이 들었다.

이래서 세희가 나에게 화를 낸 거였군. 알겠다. 나는 내게 가장 편하면서 지금까지의 나와 다르지 않은 방법을 허언으로 포장해 말한 거였다. 그런 가능성을 배제하기 위해서 아이들을 모두 지리산에서 데려오지 않았음에도 불구하고 말이야.

벌써부터 나 자신의 나약함이 드러나 버린 건가?

"그런 표정 지으실 건 없습니다, 주인님. 그건 지극히 인간다운 생각이시니까요."

나는 한숨을 쉬고 손을 내둘렀다.

"됐어. 이건 내가 잘못 말한 거니까. 입에도 담아서는 안 되는 말이었어. 미안하다."

"미안해하실 것 없습니다. 침, 실례, 물을 뱉는 것으로 화를 풀었고, 지금은 사실을 말씀드린 것뿐이니까요. 하지만 만약 주인님께서 그 방법을 선택하셨다면 저는 거리낌 없이 철퇴를 들었을 것입니다."

그렇게 말하는 세희의 소매에서 살짝 무언가의 손잡이가 보였다. 저 끝에 뭐가 달려 있을지는 알고 싶지 않다.

"잠깐만. 그런데 그러면 지금 당장 나래를 만나러 가야 되는 거 아니야?"

늦으면 정말 내 말대로 될 수도 있으니까. 하지만 세희는 고개를 가로저었다.

"주인님. 혹시 급할수록 돌아가라는 말을 아십니까?"

"그 정도는 안다."

아무리 내가 공부를 안 하고 상식이 부족하다 해도 고등학생이라고. 그렇기에 세희가 하고 싶은 이야기가 무엇인지도 짐작할 수 있었다.

"하지만……."

세희의 한숨이 내 말을 끊었다. 나는 입을 다물었고 세희가 말했다.

"시간이 지나면, 이라고 말씀드렸습니다. 시간이 지나면."

깨갱, 깽!

"그러면 이 기회에 아직까지 자리를 물러나자고 했던 이유를 모르시는 주인님을 위해 친절하게 설명해 드리죠."

패배한 개는 꼬리를 내릴 뿐이다.

"나래 님은 지금 성의 님의 포근포근 오라의 영향을 받으시면서도 주인님을 거부하고 계신다는 겁니다. 그런데 그 자리에 계속 있어 봤자 득이 될 것 같습니까? 혹은, 억지로 들어가서 좋은 일이 있었을 것 같습니까?"

세희는 잠시 숨을 고르고 말을 이었다.

"주인님. 옛말에 지피지기면 백전백승이라고 하였습니다. 지금은 물러나서 나래 님께서 어떤 상태이신지 확실하게 알아볼 시간이라 생각합니다."

"……."

할 말이 없었다. 정말, 세희에게는 도움만 받는 것 같다.

꿀 먹은 벙어리가 된 내게 평소보다 온화한 세희의 목소리가 들려왔다.

"주인님께서 멍청한 게 하루 이틀도 아닌데 또 뭘 그렇게 풀 죽어 있습니까."

이 녀석이 나를 위로하는 걸 봐서 내 표정이 또 말이 아니었나 보네.

"거참 미안하게 됐다."

나는 일부러 빈정거리듯 말했다. 그게 정답이었는지 세희가 미소를 지었다.

"그래서 어떻게 알아볼 건데? 성의 누나한테 물어보기라도 할 거야?"

세희는 대답 대신 남아 있는 커피를 한 번에 쭈욱 들이켜고는 일어났다.

"그를 위해 다시 한 번 자리를 옮기겠습니다."

나는 고개를 숙였다.

"……잠깐만. 이건 다 먹고 가자."

난 샌드위치에 입도 안 댔다.

지피지기면 백전백승.

적을 알고 나를 알면 백 번 싸워서 백 번 이긴다는 이야기다.

그게 지금 세희가 날 데리고 온 DVD 방과 무슨 관계가 있는지 잘 모르겠다.

"들어가시지요."

이럴 때 나는 뭐라고 해야 하는 걸까. 나는 머릿속에서 떠오른 여러 가지 선택지 중에서 가장 정상적인 걸 골랐다.

"지금 영화 볼 시간이 어디 있냐."

"DVD 방에서 영화만 보신다고 생각하십니까? 이래서 여자 친구 없는 인생을 보내신 분들이란.”

그런 말 하면서 비웃지 마라. 뭐라고 말해야 할지 모르겠으니까.

그래서 나는 말을 돌렸다.

“그것보다 미성년자는 출입 금지 아니야?”

“보호자 동반이지 않습니까.”

아, 그렇지. 잊고 있었다.

뭘 잊고 있었는지는 잊어버렸다. 알고 싶다면 알아서 생각해 줬으면 좋겠다. 내가 생각하면 세희가 화를 낼 테니까.

“여기서 도대체 뭘 하려고?”

“들어가시면 압니다. DVD 방이 싫으시면 모텔이라는 선택지도 있습니다. 어떻게 하시겠습니까.”

세희가 한번 마음을 먹은 이상 어디로든 끌려가게 될 거라는 건 약속된 수순이다. 그렇다면 최대한 큰 문제가 일어나지 않을 곳을 고르는 게 좋겠지.

“DVD 방으로 부탁드립니다.”

“예.”

그렇게 해서 나는 난생처음 DVD 방으로 가게 되었다. 카운터에는 나보다 나이가 많아 보이는 형이 한 분 계셨고, 그 뒤에는 많은 수의 기계와 먹을거리, 음료수들이 놓인 진열장이 있었다.

“어서 오세……요?”

그 기분 이해합니다. 알아요. 검은색 한복을 입은 인간 같지 않은 여자는 당당하게, 아무리 봐도 청소년으로 보는 남자는 쭈뼛쭈뼛하며 들어오니까 당혹스럽다는 거. 그 모습을 보니 왠지 모르게 동질감이 느껴지네요, 형.

하지만 형은 이내 고개를 흔들고서 제정신을 차린 뒤 세희에게 말했다.

"저기 죄송한데……."

"아무 문제없습니다."

또냐! 또 그거냐! 잊을 만하면 나오는 그거냐?!

하지만 효과는 확실해서 세희의 요술에 걸린 알바 형은 눈이 살짝 풀려져서는 고개를 끄덕이며 말했다.

"만이천 원, 선불입니다."

……요술에 걸려 제정신이 아닌 상황에서도 요금에 대한 언급을 하는 알바 형을 보자니 마음이 아파 온다. 청년 일자리, 이대로도 괜찮은가. 사회적 약자를 조금 더 챙겨 줘야 하는 것 아닐까.

하지만 사회적 강자인 세희는 상관없다는 듯이 소매에서 지갑을 꺼내 알바 형에게 돈을 건네주며 말했다.

"영화는 틀 필요 없습니다. 알겠습니까?"

……DVD 방의 존재 의의가 궁금해졌다.

"알겠습니다. 3번 방으로 가시면 됩니다."

"그러면 가시지요, 주인님."

나는 일단 세희의 말을 따르기로 했다.

좁은 복도를 걸어 들어간 방은 어둡고 좁았다. 커다란 침대 같은 게 하나 있고 맞은편에는 스크린, 공기 청정기와 휴지통 밖에 없는데도 가득 찬 느낌이다. 세희는 버선을 벗고 침대 위에 올라가서는 그대로 뒤로 누웠다. 나는 문을 닫는 것밖에 할 수 없었다.

"뭐하십니까, 주인님. 일단 올라오시지요."

상대가 세희다 보니 지금 이 녀석이 무슨 생각을 하는지 모르겠다.

"이제 좀 설명을 해 줄 때가 되지 않았냐?"

"보시면 압니다."

뭘 봐? 지금 침대 위에 누워 있는 널 보라는 거냐?

세희는 와불처럼 침대에 가로누워서 내게 손을 뻗고 있었다. 아무리 한복이 펑퍼짐한 옷이라고는 하나 저렇게 누우면 몸의 유려한 곡선이 살짝 드러나게 된다. 덕분에 매혹적인 여자애가 유혹하는 것처럼 보이지만, 상대는 세희다. 날 놀리고 괴롭히는 게 인생의 낙인 녀석이라 말이지. 저 행동 자체도 내 반응을 보고 즐기기 위해서라는 걸 말 안 해도 안다.

그런 생각을 하고 있자니 세희가 입꼬리를 올렸다. 명백한 도발이지.

"나도 몰라."

나도 신발을 벗고 침대 위에 올라가서 그대로 누웠다. 일자로. 몸을 뻣뻣하게 굳힌 채.

……아니! 이상한 생각을 하는 건 아닌데! 이런 곳에서 요 녀석하고 단둘이서 있으니까 이상하게 긴장이 된다고!

아무리 그래도 여자는 여자잖아!

"안 잡아먹습니다, 주인님."

"그랬다가는 네가 랑이한테 잡아먹힌다."

"전 이미 잡아먹혔습니다만."

아.

기회는 찬스다.

"야, 그러고 보니까 너 도대체 왜 랑이한테……."

그때. 스크린에 화면이 떠올랐다. 만약 그게 영화였다면 신경을 끄고 세희에게 질문을 계속 하려고 했지만, 나는 그럴 수 없었다.

"어?"

화면에 나래가 보였으니까.

나는 벌떡 일어나서 화면에 집중했다.

나래는 침대 위에서 커다란 곰 인형을 끌어안은 채 몸을 웅크리고 앉아 있었다. 한눈에 봐도 알 수 있을 정도로 침울해져 있었고, 혈색도 좋지 않다. 머리카락도 제멋대로 헝클어져 있고 입고 있는 옷은 평범한 파자마였다.

[하아…….]

나래의 한숨이 바로 옆에서 들리는 것같이 들린다. 그래서 나는 정신을 차릴 수 있었다.

"이거 뭐냐."

"나래 님의 상태를 큰 스크린과 좋은 음향 효과와 함께 도련님께 알려 드리기 위해 이곳을 찾은 것입니다. 다른 걸 기대하셨다면, 죄송합니다만 영상이 끝난 뒤로 부탁드립니다.”

농담은 넘어간다.

“어떻게 찍은 거냐?”

“직접 보시지 않았습니까.”

직접 봤다고? 내가 뭘……. 아!

“아까 그 나비?”

“맞습니다만, 지금 그게 중요합니까?”

세희의 말대로 중요한 건 그게 아니다. 화면으로나마 나래를 볼 수 있다는 게 중요하다.

나래의 침울한 모습을 보니 마음이 욱신거리며 아파 온다. 나 때문에 나래가 저렇게…….

[치킨 먹고 싶어.]

치킨 먹고 싶어 하는구나.

……엥?

뭔가 이상하잖아?! 지금 나하고 있었던 일 때문에 침울해져 있던 거 아니었어?!

“원래 사람이란 다 그런 겁니다. 그런 의미에서 식사도 거르시고 폐인처럼 지내셨던 주인님께서는 정말 대단하다고 할 수 있겠죠.”

세희의 말은 무시한다.

나래는 그렇게 말하고서는 고개를 숙여 곰 인형에 얼굴을 묻었다. 그리고 화면이 비추는 곳이 변했다. 나래가 중심이 아닌…… 방 안의 풍경이었다.

"……헐."

나는 그것을 보고 할 말을 잃었다.

나래의 방에 가득 차 있는 것은 내 예상을 훨씬 벗어난 거였으니까.

그건 나였다.

나로 가득 차 있었다.

가장 눈에 띄는 것은 내 사진들이었다. 언제 찍었는지 모를 내 사진을 크게 인쇄해서 포스터처럼 코팅해서 벽에 덕지덕지 붙여 놨다. 눈에 띄는 것은 그 사진들 중 단 하나도 카메라를 향해 시선이 가 있는 것이 없다는 점이다. ……도촬했냐.

하지만 화면이 방 안의 물건들 하나하나를 잡아 갈 때, 나는 더더욱 놀랐다.

내가 예전에 썼던 물건들로 가득했으니까. 서랍 위에 있는 작은 노트는 내가 중학생 때 쓴 시집이다. 나중에 쓰레기통에 버렸었지. 폐품으로 냈던 일기장도 있다. 아버지를 따라서 쓴 소설 노트도 있다. 헐어서 버렸던 목도리와 코트와 같은 옷들도 있다.

그것뿐이 아니다. 나를 본떠 만든 듯한 인형들이 벽 한쪽을 가득 채우고 있고, 일대일 사이즈의 인형까지.

나래의 방은 나와 관련된 것들로 가득 차 있었다.

"……와."

당혹감에 나온 말에 세희가 답했다.

"뭘 그렇게 놀라십니까? 이미 몇 번이나 나래 님께서 주인님과 관계된 물건들을 모으고 있다는 힌트는 드렸을 텐데요."

아니, 듣긴 했는데 말이다. 당연히 농담이라고 생각했지. 세상에. **나래가 그 버릇을 못 고쳤을 줄이야. 당연히 고친 줄 알았는데.**

그렇게 생각하니 머릿속에서 여러 가지 생각들이 빠르게 떠오르고 가라앉기 시작했다. 무의식 안에서 뭔가가 맞물려 가는 기분이다. 그것이 무엇인지 말할 수는 없지만, 분명히 말할 수 있는 것은 중요한 것이라는 거다.

하지만 나는 생각에 집중할 수 없었다. 화면에 침울해져 있는 나래가 말을 했으니까.

[……그런데 식욕은 없네. 왜 이러지.]

아니, 아니, 아니, 아니, 아니, 잠깐!!

지금 분위기는 완벽히 실의에 빠진 여주인공이긴 한데! 방 안의 풍경과 조금 전의 치킨 먹고 싶다는 말씀과 지금 말씀 때문에 혼돈의 카오스거든요?!

열심히 마음속으로 딴죽을 걸고 있자니 나래의 방문이 열렸다.

[언니, 밥 안 먹어?]

열린 방문을 통해 빼꼼 고개를 내민 건 성린이었다. 역시 나래와 성의 누나가 같이 있구나.

나래는 고개를 들어 성린을 보고는 힘없는 미소를 지으며 말했다.

[응. 생각 없어.]

성린은 고개를 갸우뚱거리고서는 문을 활짝 열고 안으로 들어왔다.

방 안을 가득 채운 것들에 대해서 신경을 안 쓰는 눈치다. 성린은 종종걸음으로 나래에게 다가가서는 침대에 폴짝 뛰어 올랐다.

나래는 성린에게 시선을 한 번 주고 힘없는 미소를 지으며 그 머리를 쓰다듬었다. 성린이 기분 좋은 듯 눈을 가늘게 뜨며 말했다.

[언니, 배고프잖아. 치킨 먹고 싶어 하잖아.]

[응.]

[그런데 왜 생각이 없다고 말해? 이상해.]

나래는 곰 인형을 내려놓고 성린에게 팔을 벌렸다. 성린은 엉덩이를 꿈틀꿈틀 움직여 나래에게 다가가 그 품에 안겼다.

나래는 성린을 꼬옥 껴안으며 말했다.

[응. 이상하지? 나도 그래. 배가 고프고 치킨도 먹고 싶은데 먹으려고 생각하면 아무것도 먹고 싶지 않아지는 거 있지?]

[그러면서 배고프다고 하고. 정말 이상해. 아빠도 아빠지만 언니도 많이 이상해.]

[그런가?]

나래의 말에 성린은 잠시 고개를 숙이고서 뭔가를 생각하다가 몸을 틀어 가로앉아서 나래를 보며 말했다.

[아빠하고 언니는 정신병자야?]

"역시 어린아이답게 진실을 꿰뚫어 보는 눈이 있군요."

뒤에서 들리는 세희의 말은 무시하자. 나도 내가 어딘가 정신적으로 문제가 있을지도 모르겠다는 생각은 하지만, 정신병자는 아니라고!

나래는 성린의 말에 씁쓸한 미소를 지었다.

[그렇게 보여?]

[응. 아빠하고 다른 게 있다면 **언니는 여기에 화를 숨기고 있다는 거?**]

성린이 나래의 왼쪽 가슴을 만졌다. 그 모습을 바라보는 나래의 표정은 알 수 없었다. 그저 성린의 볼을 쓰다듬어 주는 모습만 보였으니까.

[아니야. 나는 이제 그런 거 없는걸.]

하지만 그 거짓된 목소리에 내 가슴이 찢어지는 것같이 아팠다. 목소리만 들어도 알 수 있었다. 지금의 나래가 어떤 상황인지. 나를 바라보는 아이들의 마음이 이랬을까. 성린의 표정에도 먹구름이 드리워졌다.

[미안, 언니.]

[아니야. 성린은 잘못한 거 없는걸. 난 아무렇지도 않으니까.]

나래가 성린의 머리를 쓰다듬어 주며 그렇게 말했을 때.

[그래요. 성린은 잘못한 게 없어요.]

성의 누나가 열려 있는 문을 통해 방 안으로 들어왔다.

성의 누나를 보니 마음속에서 죄책감이 일어났다. 나 때문에 하고 싶지 않은 일을 해야 했고, 그로 인해 많이 울었던 성의 누나에게 나는 얼마나 많은 감사의 말을, 진심 어린 사과의 말을 해야 할까.

“삽질은 그만하시고 화면에 집중하시죠.”

세희의 말에 나는 정신이 들었다. 그건 나중의 일이니까. 지금은 화면 속에 나오는 나래와 성의 누나와 성린의 대화와 행동에 집중하는 게 우선이다.

[왜 왔어?]

성의 누나를 보는 나래의 태도는 적대적이었지만, 내게는 새끼 고슴도치가 아직 말랑말랑한 가시를 세우려고 애를 쓰는 모습처럼 보일 정도다.

[나래가 걱정돼서 왔어요.]

성의 누나는 조용히 다가와 침대에 걸터앉았다. 나래는 성린을 놓아주었고, 딸은 어머니를 찾아갔다.

[엄마. 언니 건강은 괜찮아. 물만 마시면 한 달은 살 수 있을 거야.]

……성린에게 인간에 대한 교육을 제대로 해야 될 것 같은데.

[그래요. 하지만 그런 걸 성훈이 알면 많이 슬퍼할 거예요.]

솔직하게 말해서. 나는 내 이름의 언급한 것에 대한 나래의 반응이 궁금해서 미칠 것 같았다. 그리고 그것은 나래가 아무 말도, 아무런 표정도 없이 가만히 있다가,

[슬퍼했으면 좋겠네.]
라고 말했을 때.

내 몸이 오싹하고 떨리는 것으로 보상받았다.

조금 전에 나의 무의식이 무엇을 눈치챘는지 깨달았다. 내가 어떻게 행동해야 할지 확실하게 알 수 있었다. 지금의 계획을 수정해야 한다는 것을 느꼈다.
나래가 말했다.
[응……. 나 때문에 슬퍼했으면 좋겠어. 나 때문에 아파했으면 좋겠어. 나 때문에 괴로워했으면 좋겠어. 나 때문에 죄책감에 시달렸으면 좋겠어.]
나래의 적의 섞인 목소리에 삐뚤어진 미소가 지어진다. 나에 대한 증오로 가득한 표정에 주먹이 쥐어진다. 하지만 성린의 눈가에는 눈물이 그렁그렁하고 맺혔다.
"자기가 차 버리고서 잘도 저런 소리를 하는군요."
"……넌 좀 가만히 있어라."
이쪽은 말 한 마디라도 놓치지 않기 위해 집중하고 있는데 가로누워서 팔베개를 하고 심드렁하게 팝콘을 먹으며 강 건너 불구경을 하고 있는 세희가 정말 밉상이다.
"왜 그러십니까, 주인님. 저는 사실만을 말씀드렸을 뿐입니다."
이상하게 내 편 들지 마라.

"네가 말하는 사실에는 내가 잘못했다는 상황은 쏙 빠져 있으니까 문제지."

"과정이 무슨 상관입니까. 결론이 중요한 것 아니겠습니까."

"네 그런 방식에 도움을 받은 적이 많지만 그렇다고 해서 그게 올바르다는 소리는 아니야. 그리고."

나는 세희를 내려다보며 말했다.

"지금도 아직 과정 중이니까 그런 말 하지 마."

세희는 팝콘을 입에 넣었고 나는 화면으로 시선을 돌렸다.

화면이 멈췄다고 생각이 들 때. 나래가 미소를 지으며 말했다.

[……라고 말할 줄 알았어? 그렇게 말하면?]

그 미소가 만들어진 것임을 알기에 마음이 아파 온다.

[이젠 성훈이한테 아무런 관심도 없는데 그럴 리가 없잖아?]

아픈 거로 끝나게 해 주세요, 나래 님.

[정말.]

성의 누나가 성린에게 물었다.

[부부는 닮는다는 말이었나요?]

[응.]

[그래요. 부부는 닮는군요. 그래도 성훈보다는 상황이 조금 나은 것 같아서 다행이지만요.]

[부부 아니거든? 그리고 이제 난 성훈이하고 연관되기 싫으

니까……]

혼자 있게 놔둬. 나래가 하고 싶었던 말이 무엇인지 나는 알 수 있었다.

하지만 그보다 먼저, 성의 누나가 말했다.

[안 돼요. 조금이라도 늦게 왔다면 나래 역시 성훈하고 똑같이 되었을 정도로 마음이 많이 아픈 상태에요.]

성의 누님께서 무서운 말씀을 하시고 계십니다. 자신에게 생명의 위기가 찾아왔다 떠났다는 것을 모르는 나래가 말했다.

[그러니까 난…….]

[그러니까.]

언제부터였을까. 성의 누나의 손에 하얀 액체가 담긴 그릇이 들려 있던 것은.

그건 미음이었다.

성의 누나가 성린을 보았다.

[건강한 몸에 건강한 정실.]

[그래요. 건강한 몸에 건강한 정실이 깃든다고 하잖아요?]

아니, 건강한 정신이겠지.

나래도 그렇게 속으로 딴죽을 걸었는지 한심하다는 듯이 성의 누나를 바라보았지만 언급을 안 해 주면 모른다고. 성의 누나는 자신이 인용을 잘못했다는 것을 눈치채지 못하고 미음이 담긴 그릇을 나래에게 들이밀며 말했다.

[먼저 식사부터 할까요?]

[생각 없어.]

[그래도 먹어야 해요.]

[괜찮다니까.]

[그러면 어쩔 수 없네요.]

[……뭐가 어쩔 수 없어?]

성의 누나는 행동으로 대답했다.

성의 누나는 먼저 성린을 옆에 내려놓았다. 경계하고 있는 나래의 쇄골이 있는 부분을 한 손으로 눌러 침대에 자빠뜨렸다. 나래의 배 부분에 올라타서, 두 무릎으로 팔을 고정시켰다.

[생명은 아무것도 먹지 않으면 사그라지어요. 나래는 그래서는 안 되고요. 그러니까 억지로라도 먹일게요.]

아, 그렇지.

성의 누나는 어떤 부분에서는 세희보다 더 과격하다고 할 수 있다. 그야말로 상식이 안 통하는 부분이 있다고 해야지.

그런 의미에서 지금부터 벌어지기 시작한 일은 내 예상 밖이었다.

성의 누나가 먼저 미음을 입에 물고 그대로 나래에게 입을 맞춘 것이다.

[읍?????]

당황한 나래가 눈을 휘둥그레 뜨고 이상한 소리를 내며 발버둥치지만, 나는 잘 안다. 성의 누나가 얼마나 힘이 강한지. 성의 누나는 침대가 삐걱거리며 부서져라 반항하는 나래를 완벽하게 제압하고 있다.

결국 나래는 성의 누나에게 입으로 미음을 받아먹고 나서야 풀려날 수 있었다.

하지만 아까의 반항 때문에 바로 일어날 힘이 없어졌는지, 옷이 헝클어져서 어깨가 드러나고 배가 드러난 상태로 입가에 하얀 미음을 주르륵 흘린 채 누워 있다.

이런 상황에서 이런 말 하면 조금 그렇지만, 남성으로서의 본능이 꿈틀거리려고 한다.

[너, 너는 수치심도 없어?!]

내게 한 말 아니다. 성의 누나에게 한 말이다.

옷매무새를 가다듬고 일어난 나래가 한 말에, 성의 누나는 모르겠다는 듯 성린을 보았다.

[수치심. 한의사가 몸에 꽂는 침이야.]

[그건 수지침이겠지!]

"그건 수지침이겠지!"

이번에는 참지 않은 나래와 나의 목소리가 겹쳤다.

그리고 성린은 깜짝 놀라서는 나래에게서 멀찍이 떨어져서는 근처에 있는 내 인형을 잡아 앞으로 몸을 가렸다.

[언니 나빠.]

성린의 반응에 나래는 뭔가 말을 하려고 했다가 이내 고개를 흔들고서는 성의 누나에게 시선을 돌렸다.

[그러니까 부끄럽지도 않느냐는 말이에요!]

[왜죠?]

당황하는 나래에게 성의 누나는 계속해서 말했다.

[지금은 사랑을 확인하기 위한 입맞춤이 아니었는걸요. 이건…….]

[구멍 활동…… 아니, 구명 활동.]

[구명 활동. 그래요. 구명 활동이잖아요?]

성린의 지원 사격에 나래는 얼굴을 붉힌 채 말했다.

[그, 그건 그렇지만 이건 아니잖아요!]

[그래요? 저는 똑같다고 생각해요.]

성의 누나는 조금 전까지 있었던 일과, 지금의 분위기와는 그다지 어울리지 않는 따스한 미소를 지었다.

[저한테 이럴 필요 없어요. 성훈이는 제가 없어도 괜찮을 테니까요.]

[아니요. 나래는 그렇게 생각하지 않아요. 나래의 말은 제 마음을 울리지 않는걸요.]

나래가 인상을 찌푸리는 순간.

"어?"

화면이 검게 변했다. 아무 소리도 들려오지 않는다. 나는 깜짝 놀라 세희를 보았고 세희는 어깨를 으쓱거렸다.

"여기까지인가 봅니다."

"……뭐가?"

"오셨다는 거죠."

세희의 말을 이해하는 순간.

쾅!

방문이 부서지듯 강하게 열렸다. 자연스럽게 내 고개는 그쪽으로 돌아갔고, 나는 어깨를 들썩이고 숨을 격하게 내쉬고 있는 랑이를 볼 수 있었다.

"으냐아아아아앗!!"

랑이의 귀여운 포효가 울려 퍼졌다.

응.

뭐, 이렇게 될 거라는 걸 예상은 하고 있었지만. 랑이 녀석이 가만히 집 안에서 기다리고 있을 거라는 생각은 안 했지만. 그래도 너무 빨리 온 거 아닐까. 아직 저녁때도 안 됐는데 말이야.

"어머님께 부탁받은 일을 하고 있는 사이에 몰래 빠져나가는 게 어디 있느냐?! 거기다 검둥이한테 이상한 부탁도 해 놓고! 덕분에 내가 지리산에서 빠져나오기 얼마나 힘들었는지 아느냐?"

발을 동동 구르고 꼬리로 벽을 탁탁 치며 자신이 화가 났다는 것을 온몸으로 어필하고 있는 랑이를 보고 있자니 귀엽다는 생각과 동시에 깊은 한숨이 튀어나왔다.

말하는 걸 보자니 또 한바탕하고 나온 것 같구나.

"냥이가 말리지 않았냐?"

"말도 말거라!"

뭐 그렇게까지 흥분하냐.

"털실 뭉치를 꺼내서 엉망으로 엉키게 만들지를 않나! 성훈이가 입었던 옷을 말랑말랑한 쿠션 위에 깔아서 깜빡 잠들게 하지를 않나! 고양이 풀을 흔들어 혼을 빼 놓지 않나! 박스를 가져와서 그 안에 들어가게 만들지를 않나! 너무너무 흉악한 방법으로 내가 널 찾아가지 못하도록 했느니라!"

……어떤 의미로는 흉악하군. 그 여동생 러브러브 언니라면 왠지 모르게 영상 매체로 남겨 놨을 것 같으니 지리산에 돌아가면 한번 물어봐야겠다.

그보다, 너, 고양잇과지 고양이는 아니잖아. 호랑이라면 호랑이로서의 정체성을 찾아라.

"그래도 나는 성훈이가 걱정돼서 한걸음에 달려왔느니라! 그러니 말해 보거라. 도대체 왜 날 놔두고 간 것이느냐?"

랑이가 쫓아오게 되면 내가 뭐라고 말을 해야 할지에 대한 생각은 이미 예전에 모두 끝냈다.

"랑이가 무지무지 착하니까."

"에헤헤헷, 성훈이가 착하다고 해 주니까…… 응?"

칭찬받았다는 사실에 볼을 붉히고 머리를 긁적이며 좋아하던 랑이는 뭔가가 잘못되었다는 것을 깨닫고 머리카락으로 물음표를 만들었다.

"그게 이유이느냐? 뭔가 이상하지 않느냐. 내가 착한 게 왜 널 따라와서는 안 되는 이유가 되느냐?"

랑이에게 있는 그대로의 사실을 말할 수는 없다. 자기 탓이 아닌데도 자기가 나빴다고 생각하며 상처받을 테니까. 그렇기에 나는 또 다른 진실을 말했다.

"내가 할 일을 너한테 보여 주고 싶지 않았어."

"응? 왜 그러느냐? 왜 보여 주기 싫은 것이느냐?"

나는 말했다.

"나는 나쁜 짓을 할 거거든."

랑이가 떡하니 굳어 버렸다.

야, 네가 그러면 안 되지. 너는 떡 하나 주면 안 잡아먹지~라고 말해야 하는 입장이라고.

"그게 무슨 말이느냐?!!"

랑이가 팔짝 뛰어오르면서 소리치듯 말했다.

"성훈이가, 성훈이가 나쁜 짓을 하다니?! 우리 성훈이는 그런 아해가 아니란 말이다!"

내가 수긍할 수 없는 말을 한 랑이는 갑자기 깜짝 놀라서는 이쪽으로 다가와 내 손을 꼬옥 잡으며 걱정 어린 목소리로 말했다.

"호, 혹시 아직도 마음의 병이 낫지 않은 것이느냐? 그러면 내가 호~ 해 주겠느니라. 그러면 분명히 괜찮을 것이니라."

어제 그런 일이 있었으니 걱정할 만하지만, 나는 괜찮다. 다른 의미로 하는 말이 아니라, 정말 괜찮아.

"응. 랑이가 호 해 줄래?"

그럼에도 나는 랑이의 호~를 받기로 했다.

나를 위해서 뭐라도 해 주고 싶어 하는 랑이를 위해서다.

"응! 응!"

랑이가 침대 위에 올라와서는 내 머리를 두 손으로 살며시

잡고서 입에 호~ 하고 숨을 불어 넣었다.

향긋한 랑이의 숨결이 DVD 방을 지리산의 우리 집으로 바꾸어 놓는 듯하다.

“어떠하느냐. 이제 괜찮아졌느냐?”

내 머리를 놓아주며 묻는 랑이에게 나는 일부러 고개를 까닥거리며 로봇처럼 딱딱하게 말했다.

“나는 강성훈. 삐릿삐릿. 이제부터 나쁜 짓을 할 거다.”

“으냐앗?! 성훈이가 더 이상해졌느니라!”

랑이가 당황하는 모습을 보고 싶어서였지. 허둥대며 어찌할 바를 몰라 하는 랑이의 모습을 흐뭇하게 바라보며 이제 슬슬 장난은 그만둘까, 라고 생각하고 있는데.

“…….”

등 뒤에서 싸늘한 시선이 내리꽂힌다. 등골이 오싹하다. 나는 지금 내가 할 수 있는 최선의 행동을 선택했다.

“장난이었어, 랑이야. 우리 랑이가 너무 귀여워서 그런 거 있지?”

내 말투가 이상해진 것은 넘어가 줬으면 한다. 사람은 생명의 위협을 느꼈을 때 가끔 평소와 다른 반응을 보이기도 하잖아?

내 말에 랑이는 가슴에 손을 얹고 후우~ 하고 숨을 내쉬었고, 등 뒤에서는 사람 하나 잡아먹을 법한 시선이 사라졌다.

“깜짝 놀라지 않았느냐. 다음에는 그러지 말거라.”

난 종종 랑이와 둘만 있을 때 깜짝 놀라게 해 줘야겠다는 생각이 들었는데 말이야. 너무 귀여워서.

"성훈이는 너무하느니라. 어제 그런 일이 있었는데 그런 장난을 치면 어떻게 하느냐?"

……말하지 않기를 잘했군.

"미안. 하지만 이런 장난도 칠 수 있을 정도로 괜찮다는 걸 보여 주고 싶었거든."

"그런 건 안 보여 줘도 괜찮으니라. 혼자서도 잘 알 수 있느니라."

기특한 소리를 하며 랑이가 내 품에 안겨 왔다. 나는 못 이기는 척하면서 그대로 침대에 넘어졌고, 랑이도 내 겨드랑이 쪽에 머리를 기대고서는 같이 누웠다.

"그래서 나쁜 짓을 한다는 건 무슨 뜻이느냐?"

"말 그대로야."

나래가 어떤 상황인지 확실하게 알게 된 후에도 그것만은 변하지 않았다. 그건, 나래가 내게 본심을 드러낼 수 있는 조건 중 하나니까.

랑이는 내 대답에 의심 하나 감돌지 않는 호박색 눈동자로 나를 빤히 바라보았다.

"그것은 정말 나쁜 짓이느냐?"

"응."

"그런데 왜 하려는 것이느냐?"

"내가 하고 싶어서."

필요하기도 하고.

"나쁜 짓인데도?"

"응."

"……나는 잘 모르겠느니라. 왜 나쁜 짓이라는 걸 알면서도 나쁜 짓을 하려는지 모르겠느니라."

그건 네가 너무 착해서 그렇다.

"하지만……."

랑이가 나를 꼬옥 끌어안았다.

"지금은 성훈이의 마음이 느껴지느니라. 성훈이가 말한 나쁜 짓은 진짜 나쁜 짓이 아니라는 것을, 나를 걱정해서 하는 말이라는 사실을 알 것 같으니라. 그러니까 나는 성훈이를 믿겠느니라."

고맙다.

나는 랑이를 끌어안으며 말했다.

"그렇다고 해서 네가 봐도 된다는 건 아니다."

랑이의 꼬리털과 귀가 삐쭉 선다. 요 녀석. 날이 갈수록 귀엽게 영악해져 가고 있어. 나는 곤두선 랑이의 귀에 볼을 비비며 말했다.

"그러니까 내가 나쁜 짓을 할 때는 잠깐 자리를 피해 있어."

"하, 하지만……."

침울해져서는 추욱 늘어진 꼬리로 내 옆구리를 콕콕 찌르는 랑이가 안쓰럽기는 하지만 나도 내 생각을 바꿀 생각은 없다.

이 순간을 위해서 냥이에게 랑이가 서울에 따라오지 못하도록 도와 달라고 말했으니까.

"내가 할 나쁜 짓은, 냥이에게 네가 쫓아오지 못하도록 해 달라고 부탁할 정도로 중요한 일이야. 만약 내 말대로 해 주지 못한다면, 나도 마음이 아프지만 억지로라도 너를 지리산에 돌려보낼 수밖에 없어."

랑이의 머리카락 한 가닥이 빙글빙글 돌아가는 게 보인다. 머리를 굴리고 있는 건가. 잠시 후, 머리카락 표 느낌표가 선 랑이가 말했다.

"알겠느니라. 언제일지는 모르겠지만, 그때는 자리를 피해 주겠느니라."

이해해 줘서 고맙다.

나는 그 마음을 가득 담아서 랑이를 한층 더 꼬옥 껴안아 주었다.

"……이것 참. 저도 히로인 대열에 합류를 하든가 해야겠습니다."

뒤에서 이상한 소리를 하는 녀석은 무시하자.

~~사랑의 융단 폭격 작전~~
분노의 융단 폭격 작전

"그럼 이제 어떻게 하실 겁니까."

DVD 방의 침대에 세 명이 삼각형을 이루며 앉아 회의를 하는 건 쉽게 볼 수 없는 일이라고 생각하지만, 워낙 많은 일을 겪어서 이젠 아무렇지도 않다.

세희의 질문처럼 말이야.

"오기 전에 말했잖아?"

세희는 고개를 가로저었다.

"생각이 바뀌시지 않았습니까."

예리한 녀석.

"……어떻게 알았냐?"

"표정이나 숨기고 그런 말씀 하시죠. 그래서 제 질문에 대한 답은 아직입니까?"

그렇게 말하면 살짝 비꼬고 싶어지잖아.

"지피지기면 백전백승이라며? 그러면 이제 남은 건 승리뿐이지, 뭐."

"주인님. 그 사자성어는 적을 알고 나를 아는데도 백 번이나 싸워야 했다는 속뜻을 가지고 있습니다."

그럴 리가 없다고 생각하면서도 나는 조용히 세희의 말을 경청했다.

"즉, 지금 주인님께서는 승리를 얻기까지의 전쟁 방법을 생각하셔야 할 때라는 말이죠."

자기가 하고 싶은 말을 위해서 사자성어까지 비틀어 버리는 세희의 놀랍도록 비틀어진 심성에는 할 말이 없을 지경이다.

"그러니 헛소리는 그만하시고 지금부터 어떻게 하실 건지에 대해서나 말씀해 주시죠. 도통 주인님의 방식은 저의 상식적인 사고 내에서는 짐작하기가 어려우니 조언도 드릴 수 없지 않습니까."

내가 이 녀석을 말로 이길 수 있을 리가 없지.

자. 그럼 일단 현재 상황부터 정리해 보자.

지금의 나래는 며칠 전의 나와 비슷한 상황으로 보인다. 성의 누나의 말에 따르면 나처럼 심하지는 않은 것 같지만. 그건 아마도 나래가 먼저 나를 차……, 아니, 그런 말을 했던 것과 성의 누나가 있어 줬기 때문이 아닐까 싶다.

나도 성의 누나와 다시 만난 순간부터 뭔가 마음이 흔들리기 시작했던 것 같으니까.

어쨌든, 세희를 통해서 영상을 본 결과. 나래의 마음을 돌릴 수 있다는 기회가 있다는 것도 확실해졌다. 성린이 나래의 마음에 화가 숨어 있다고 말한 것과, 나래의 방 안에 아직까지 나를 본떠 만든 여러 가지 물건들이 있는 것을 통해 알 수 있지.

즉, 지금은 내가 짠 계획을 고칠 필요가 있다. 밤새워 계획을 짰을 때는, 나래가 나를 싫어하게 됐거나, 마음을 가뒀을 때를 가정했기 때문에 애정 표현을 한다고 생각했지만…… 알고 보니 상황은 내 예상과 다르다. 그렇기에 나는 조금 계획을 바꿨다.

그럴 수밖에 없다.

방 안의 모습을 통해 내 전제 자체가 모두 틀렸다는 것을 알았으니까.

세상에 싫어하는 사람의 사진을 벽에 붙여 놓고 인형까지 가지고 있는 사람이 어디 있겠어?

즉, 아직 내게 마음이 남아 있다는 말이다. 하지만 나래는 자신의 마음을 부정하고 있다. 자신의 마음을 인정하지 않으려, 높다란 벽을 쌓고 그 안에 틀어박혀 있다.

그뿐만이라면 조심스럽게 나래의 마음을 열 방법을 찾겠지만…….

방 안의 풍경은 나에게, 단순히 **화해를 하는 것으로 만족해서는 안 된다는 사실도 말해 주었다.**

그래.

그것으로 만족하면 안 된다. 그것으로 만족할 수 없다. 나래의 마음속에 있는 또 다른 벽을 알게 된 이상, 나에게는 그 진심을 끄집어내 줘야 할 책임이 있다.

그래, 이건 내 잘못이니까.

위기는 찬스라는 말이 있다. 나는 나래와 화해를 하는 동시에, 지금까지 모르고 있었던 마음속에 있는 또 하나의 벽을 부숴 버릴 생각이다. 그 방법 또한 경험을 통해 생각해 놨다.

두 가지 일이라고 생각할지도 모르겠지만 다르다. 이건 근본적으로 한 가지 일이고, 단순히 그 깊이가 깊어지는 것뿐이다.

……덕분에 **상당히 격한** 감정과 육체의 교류가 일어날 것 같지만, 어쩔 수 없겠지. 시간이 많다면 다른 방법을 쓰겠지만……. 나와 나래의 반목으로 인해 요괴와 인간의 사이가 틀어졌다고 여기는 세력까지 있는 이상, 최대한 빠르게 손을 쓸 필요가 있으니까.

이런 이유로 바꾼 계획을 나는 랑이와 세희에게 내가 지금부터 할 일을 말해 줬다.

지금부터 나래를 화나게 만든 뒤, 나에게 화를 풀게 만들고, 그 후 화해를 해서 집에 같이 돌아간다는 계획을.

내 이야기를 들은 랑이는 머리카락으로 물음표를 만들고서는 고개를 갸웃거리며 말했다.

"성훈이의 계획을 나는 잘 이해 못 하겠느니라. 나래가 지금 며칠 전의 너처럼 자신의 마음을 숨기려고 한다는 것은 알겠느니라. 그렇다 해도 성훈이가 마음을 숨기지 않고 말해 주면 마음씨가 착한 나래는 분명 마음을 열어 줄 텐데, 왜 화를 내도록 한다는 것이느냐?"

타당한 의문이지만 나는 고개를 저었다.

"그건 말해 줄 수 없어."

그 전제 자체가 틀렸다는 걸 나도 이제 알았는데 랑이가 이해를 할 리가 없다.

"으냐아……."

궁금해하는 랑이와 달리 세희는 입가에 비릿한 미소를 띤 것을 보아 내 속을 이미 짐작한 것 같다. 그러면 랑이 좀 어떻게 해 봐라.

"우리를 못 믿어서 그런 건 아닌 것 같은데 무슨 이유이느냐?"

랑이가 나를 올려다보며 '나는 지금 성훈이가 너무너무 걱정되느니라'라는 눈빛 공격을 하고 있잖아.

"나래의 개인적인 일이거든. 왜, 그런 거 있잖아. 아무리 가족이라고 해도 지켜 줘야 하는 비밀 같은 거."

랑이가 당당하게 가슴을 펴며 말했다.

"나는 그런 것 없느니라! 나에 대해 궁금한 게 있으면 뭐든지 물어보거라!"

순간적으로 너는 왜 세희를 잡아먹었냐, 라는 말이 목구멍까지 올라왔지만 그만두었다. 그건 랑이가 아닌, 랑이와 세희의 일이니까.

그래서 나는 말했다.

"나는 있다."

"으냐앗?!"

번개라도 맞은 것처럼 랑이가 움찔 몸을 떠는 것으로 모자라 이내 내 가슴팍을 작은 두 손으로 꼬옥 잡고서 그렁그렁 눈물이 맺힌 눈으로 나를 올려다보며 말했다.

"서, 성훈이는 나한테 숨기고 있는 게 있느냐? 나는 너의 것, 너는 나의 것 아니었느냐? 서, 설마……?!"

"너무 나갔다, 인마."

나는 랑이의 머리를 툭툭 두드리고서 말을 이었다.

"그런 게 아니라, 아무리 너한테도 그…… 말 못 할 일이 있다는 거지. 그러니까……."

뭐라고 말해야 할지 모르겠군. 언급하는 것 자체가 부끄러운 일이라서 말이야. 나는 도움을 요청하기 위해 슬쩍 세희를 보았다.

세희는 내 눈짓에 크게 한숨을 쉬고서는 고개를 절레절레 흔들고서 말했다.

"안주인님. 주인님께서 곤란해하십니다."

"하지만 세희야. 성훈이가 나한테도 말 못 할 비밀이 있다고 하는데 내가 어찌 마음이 편하겠느냐?"

"걱정하실 필요 없습니다. 주인님께서 말씀하신, 말 못 할 비밀이라는 것은 그런 의미의 일이 아니니까요."

랑이가 머리카락으로 물음표를 만들고서 손가락을 입술에 대고 고민을 하더니……. 내 다리 위에 앉고서는 볼을 비비며 애교를 떨면서 말했다.

"이이잉~! 둘만 알고 있지 말거라~ 나에게도 알려 주어라

～ 도대체 무엇인지 궁금하지 않느냐～?"

랑이의 애교에 입이 열릴 뻔했지만 겨우 참을 수 있었다. 나도 랑이에게 뭐라고 말을 해 주고 싶지만!

가족에게도 말 못 한 개인적인 비밀의 예를 들라고 하면 떠오르는 게 그렇고 그런 거밖에 없어서 할 수가 없다고!

그리고 세희는 말했다.

"지금 주인님께서 숨기려고 하시는 것을 쉽게 예를 들어 말씀드리자면, 주인님께서 몇 살까지 이불에 지도를 그리셨는지, 같은 것을 말합니다. 이런 건 아무리 주인님과 안주인님의 사이라 하더라도 부끄러워서 말 못 할 일이겠지요."

신이시여. 저는 왜 저렇게 간단한 예시를 생각하지 못하는 뇌를 가지게 되었습니까. 왜 머릿속에서 떠오른 것이 집에 아무도 없을 때, 혹은 모두 잠든 밤에 방문을 걸어 잠그고 나서, 라는 전제가 깔리는 일밖에 없는 겁니까.

"……아."

세희의 너무나 알기 쉬운 이야기에 랑이가 자리에서 일어나더니 고개를 끄덕이며 말했다.

"그, 그런 것이었구나. 응. 알겠느니라. 그런 것은 나도 부끄러우니 말하기 힘들 것 같으니라."

살짝 얼굴을 붉히는 랑이의 모습을 보니 나는 문뜩 떠오르는 게 있었지만, 말하지 않기로 했다. 그걸 묻는 순간, 내가 한밤중에 오줌을 싼 게 몇 살까지였는지를 세희가 밝힐 테니까.

"그러니까 나도 말해 줄 수 없어. 그래도 걱정 마. 나도 생각이라는 게 있으니까. 이번에는 날 믿어 줘."

엣헴!

"알겠느니라! 그런 것이라면 나는 너를 믿겠느니라!"

어째서인지 랑이가 기세등등하게 허리를 펴며 콧대를 높였다.

어째서인지 랑이가 어깨를 추욱 움츠리고 고개를 푸욱 숙였다.

"성훈아. 아무리 그래도…… 그런 짓을 정말 할 것이냐? 다시 생각해 보는 게 좋을 것 같으니라."

"……주인님. 제가 준비해 드리긴 했지만 아무리 생각해도 이건 좀 아닌 것 같습니다. 지금이라도 다른 방법을 생각하시는 건 어떻습니까?"

다시금 찾아온 나래의 집 맞은편.

나는 랑이와 세희의 반대를 무릅쓰고 내가 하기로 결정한 일을 하기로 했다.

"괜찮으니까 여기 있어. 갔다 올 테니까."

"……파, 파이팅이니라."

"……뼈는 주워 드리겠습니다."

참으로 미묘한 응원이군. 그 이유는 알지만 여기까지 와서 다시 생각할 수는 없다.

나는 나래의 집 앞으로 나아갔다.

……아무리 각오를 했다고 해도 이 꼴은 많이 부끄럽군. 주

변에 돌아다니는 사람이 없는 것이 다행이다. 하지만 어쩔 수 없다.

나래가 화를 내려면 이 정도의 일은 해야 한다.

그렇기에.

머리에 단 이 거추장스러운 왕리본이 부끄럽지 않다. 지금의 나는 강성훈이 아니다. 나래에게 주는 선물일 뿐이다.

나는 벨을 눌렀다.

거절당했습니다.

"그렇다면 다음 방법이다!"

세희가 커다란 상자를 나래의 집 앞에 놓았다. 그 안에 누가 들어 있는지는 말하지 않아도 알겠지!

쓰레기차에 실려 갈 뻔했습니다.

그럼에도 나래 쪽에서는 아무런 반응도 없었다.

"……이렇게 된 이상 알몸으로 간다."

"잠깐, 잠깐! 성훈아! 그건 아니니라!"

랑이의 만류에 나는 옷을 벗으려는 것을 그만두고 말했다.

"지금은 좀 무리한 수를 쓸 필요가 있어서 그래."

나래의 마음속에 웅크리고 있는 화를 끄집어내는 게 중요하니까.

"아니다! 그래도 이건 아니다! 절대로 아니다! 이건 조금 무리한 게 아니라 많이 무리한 것이니라! 화가 나기 이전에 어이가 없어질 일이니라!"

랑이가 고개를 절레절레 흔드는 것으로도 모자란지 가슴 앞에서 팔로 X자를 만든다.

"주인님의 사람을 도발하는 방식이 완전히 글러 먹었다는 것을 확인할 수 있었습니다."

"응, 응. 절대 아니었느니라."

그렇게까지 말할 건 없잖아.

"성훈아. 그러지 말고 다른 방법으로 하는 건 어떻겠느냐?"

나는 다른 방법으로 해 보기로 했다.

그래서 나는 지금 마치 시계추처럼, 세희가 잡고 있는 랑이의 털로 만든 밧줄에 몸을 맡긴 채 나래의 방에 달려 있는 창문 앞에서 오른쪽 왼쪽 흔들리며 노래를 부르고 있다.

"창~문을 열어 다오~ 나의 사랑하는 님이여~ 아아~ 나의 열정을 받아 주오~ 세뇨리타아아~"

그리고 이건 확실히 효과가 있었다.

-드르륵-

창문이 열렸으니까.

"아빠."

하지만 그 안에서 나온 건 창틀에 두 팔을 기대고 있는 성린이었다.

해야 할 말은 많지만 일단 나는 인사부터 하기로 했다.

"아, 성린아. 잘 있었어? 성의 누나는 괜찮고?"

성린이 고개를 흔들었다.

"엄마가 또 걱정해. 아빠가 또 어디 아프게 됐나, 다시 확인해 봐야겠다면서."

그리고 성린은 팔에 턱을 대며 내게 물었다.

"아빠, 아파? 내가 보기에는 괜찮아 보이는데, 아니야?"

……이런 반응을 바란 건 아닌데 말이야.

"괜찮은 거 맞다."

"그러면 왜 그래? 엄마한테 잘못했다고도 안 하고 그런 일은 왜 하는 거야? 자아 성찰이야?"

지금 상황에서 성린이 하고 싶었던 말을 자아 성찰이라는 말을 토대로 생각해 내시오.

정답.

"자포자기겠지."

목소리는 최대한 낮췄기에 성린은 놀라지 않았지만 인상을 찌푸리는 건 어쩔 수 없었다.

"자포자기라는 말 나도 알아. 아직 제대로 연결 못 하는 것뿐이야."

성린이 뿌루퉁해졌다. 그 모습을 보니까 조금 달래 주고 그것만으로도 대단하다고 말해 주고 싶었지만, 지금 상황이 그렇게 여유 있는 건 아니다.

일단 매달려 있다 보니까 무게가 특정 부위에만 실려 아픈 것도 있고.

"그런데 성린아."

"응?"

"나래 언니는 안에 있어?"

그리고 그 순간. 익숙한 실루엣이 보이는 것과 동시에 창문이 닫히고 커튼이 쳐졌다. 정말 눈 깜짝할 사이에 일어난 일이었지만, 나는 누가 그런 일을 했는지 알 수 있었다.

……준호 아저씨. 순간 기대해 버렸잖아요.

그렇게 세 번째 시도까지 완벽하게 실패한 결과.

"……성훈. 정말 괜찮은 건가요?"

날 걱정하는 기색이 가득한 성의 누나와 그 옆에 달라붙어 있는 성린이 찾아왔다.

안 그래도 랑이와 세희가 눈에 띄는데 특이한 복장의 성의 누나와 성린까지 있으니 가끔씩 지나가는 사람들이 모두 이쪽을 한 번씩은 바라본다. 세희의 차가운 시선에 급히 화들짝 놀라 고개를 돌리고 자기 갈 길을 가지만.

"일단 자리를 옮기자."

그렇게 찾아온, 근처의 아무도 없는 놀이터.

놀이터에는 놀이 기구가 낡았다는 이유로 교체할 때까지 사용을 금지한다는 안내 팻말이 걸려 있었다. 시소나 철봉 같은 데에는 Do Not Cross Closer Line이라고 적힌 테이프가 둘러져 있고. 그래도 벤치는 괜찮아 보여서 내가 가운데 앉았고 왼쪽에는 랑이가, 오른쪽에는 성린을 무릎 위에 앉힌 성의 누나가. 정면에서는 공기 소파에 세희가 앉았다.

"일단……."

나는 이야기를 시작함에 앞서 자리에서 일어나 성의 누나에게 허리를 90도로 굽히며 사과했다.

"다시 한 번 사과하고 싶어. 미안해, 누나. 나 때문에 괴로운 일을 겪게 해서. 앞으로는 평생 그런 일 없이 행복하게 해 줄게. 용서해 줘."

성의 누나는 아무런 말도 없었다. 긴 침묵에 불안해진 나는 살짝 고개를 들어 성의 누나를 보았다.

성의 누나는 얼굴을 붉히고 두 손으로 얼굴을 가리고 있었다. 옆의 랑이는 볼을 부풀리고 불만스럽게 나를 보고 있고. 성린은 환한 미소를 짓고 팔을 높이 들어 성의 누나의 머리를 쓰다듬고 있다.

……왜죠? 왜 이런 상황이 된 거죠? 저, 모르겠어요. 이해시켜 주세요.

성의 누나처럼 어리둥절해하고 있자니 옆에 둥둥 떠 있던 세희가 한숨을 푸욱 쉬며 말했다.

"듣는 사람 입장에 따라 프러포즈라 들릴 수 있었던 말입니다, 주인님."

……아.

"아니, 그게 아니라! 그러니까, 그런 건 또 아니고!"

도대체 어떻게 이 분위기를 수습해야 할지 감도 안 잡힌다.

"엄마, 아빠 진심이었어."

성린의 말에 성의 누나가 기쁨의 눈물을 뚝뚝 흘린다. 아니, 그러니까! 지금 어떻게 해야 하나요?!

"으냐아아아아아아아아아아아아."

꼬리로 벤치를 탁탁탁 치는 것으로도 모자라 팔짱까지 끼고서 자신의 심기가 불편하다는 걸 말하고 있는 랑이도 문제다.

그래도 랑이는 내가 무슨 뜻으로 그런 말을 했는지 알아주는 것 같아서…….

"내가 이미 청혼을 받았다고 해서 내 앞에서 다른 여자에게 청혼을 하는 모습을 보여 주는 건 아니라고 생각하느니라. 부, 부럽지 않느냐?! 이럴 거면 나한테도 다시 청혼해 주거라!"

알아주기는 바둑이뿔!

"고마워요, 성훈. 성훈의 말이 저를 행복하게 해 주네요."

하지만 기뻐하며 눈물을 훔치는 성의 누나를 보니 오해를 바로잡지 않는 게 좋을 것 같다. 내가 빈말을 한 것도 아니고 말이야.

"크흠."

나는 분위기를 바꾸기 위해 헛기침을 하고 나서 다시 자리에 앉았다. 그런 내 무릎 위에 성린이 자리를 잡는다. 랑이는 그 모습을 보고 움찔거렸지만 이내,

"조금이라도 나이가 많은 내가 참아 주겠느니라……."

같은 말을 하며 언니다운 모습을 보였다. 성린의 실제 나이도 그렇고 외관상 나이도 있기 때문에 랑이도 다른 아이들이 내 위에 앉았을 때와는 다른 반응을 보인 것 같다.

나는 칭찬의 의미로 랑이를 쓰다듬었고, 랑이는 때는 이때다 하고 내 손에 머리를 비비며 행복한 미소를 지었다.

이런 행복한 시간이 계속되면 정말 좋겠지만, 나에게는 할 일이 있지. 알고 있으니까 그렇게 노려보지 마라, 세희야.

나는 성의 누나에게 말했다.

"그러면 일단 내가 아까 한 일에 대해서 설명해 줄게."

그러지 않으면 날 걱정할 테니까.

나는 내가 한 괴팍한 행동이 나래를 화나게 만들기 위함이었다는 것을 말했다. 그 후에 나래의 화를 **나와 나래만의** 방식대로 받아 준 뒤, 화해를 할 거라는 이야기까지.

성의 누나는 내 이야기를 모두 듣고는 고개를 갸웃거리며 물었다.

"왜죠?"

"아빠 말 모르겠어."

그래서 나는 다시금 풀어서 설명해 주었지만 성의 누나와 성린 누나는 동시에 고개를 갸웃거릴 뿐이었다.

"모르겠어요, 성훈."

"더 모르겠어."

성린은 아예 머리를 부여잡고 내 가슴에 머리를 기댈 정도였다. 내 설명의 도대체 어디가 문제일까.

"그럴 필요가 있나요? 나래는 지금도 성훈을 사랑하고 있어요."

응. 나도 알고 있다.

"그런데 사과를 하기 위해 화를 나게 만든다는 건, 이해할 수 없는 일이에요."

"응, 응. 엄마 말대로야."

성린도 고개를 끄덕였다.

그래. 나도 그렇게 생각한다. 사과를 하기 위해, 화해를 하기 위해 상대방을 화나게 만들겠다는 것 자체가 이상한 일이라는 것은 나도 안다.

애초에 말이야. 화가 나 있는 사람한테 화를 부추긴다는 것 자체가 말이 안 되잖아? 사과를 받아 주기는커녕 주먹이 날아오겠지.

하지만 말이야.

나와 나래는 평범한 관계가 아니다. 온갖 것들이 꼬이고 꼬인 삐뚤어진 관계다. 우리 사이에는 너무나 많은 것들이 있다. 배려, 약속, 죄책감, 신뢰, 질투, 소유욕 등등. 그 많은 것들이 10년이라는 시간을 통해 어떻게 할 수 없을 정도로 복잡하게 얽혀 있다.

그동안 나는 이것들을 너무 간단하게 생각했다. 하지만 현실은 내 생각과 달랐고, 문제는 드러났으며, 나는 그 매듭을 풀어야 한다.

하지만 내게 시간은 없고 기회는 한정되어 있다.

지금은 평범함을 뛰어넘는 뭔가가 필요하다.

그렇지 않으면 나래는 화해를 할지는 몰라도 자신의 진심을 이야기하지 않을 것이다.

나래는 상냥한 아이니까.

"아니, 필요해. 지금의 나래는 **내가 무슨 말을 해도** 본심을 드러내지 않을 테니까."

그 말을 한 순간.

랑이와 성의 누나와 성린과 세희의 시선이 싸늘해졌다.

왜, 왜죠? 왜 그런 눈으로 나를 보십니까?

랑이가 내 어깨에 손을 올리고 고개를 절레절레 흔들며 말했다.

"성훈아. 너는 정말…… 자신이 사랑받고 있다는 자각이 부족하구나."

"아니, 충분히 알고 있는데."

"나래 님의 방에 있는 성훈 굿즈를 보고서도 그런 말씀을 하시는 겁니까."

"봤으니까 하는 말인데."

"아빠는 인간의 마음을 몰라."

그런 말 하지 마라. 여기서 유일하게 인간 가까운 게 나니까.

"성훈."

성의 누나가 진지한 음색으로 말했다.

"성훈은 먼저 나래의 마음에 대해서 알아야 할 것 같아요."
"난 충분히 알고 있어."
"뿌우~"
성린이 볼을 부풀리며 부저와 닮은 소리를 냈다.
"아빠, 그거 아니야. 여자 마음은 더 복잡해."
"그래요, 성린. 잘 말했어요."
"응, 응. 성훈이보다 성린이 잘 알고 있느니라."
"태어난 지 며칠 안 된 아이보다 못하다니, 대단하십니다."
쏟아지는 칭찬에 성린은 기뻐했고 쏟아지는 딴죽에 나는 조금 울컥해서 가시 돋친 태도로 말하고 말았다.
"아니, 다른 건 몰라도 이것만큼은 내가 자신 있다니까."
뭡니까, 그 불신의 시선들은. 나까지 내가 제대로 생각하고 있는지 의심이 생길 정도잖아. 하지만 지금은 남자답게 자신의 뜻을 굽히지 않아야 할 때다.
그렇게 생각하고 있을 때.
[흘러가라~ 세월~세월아~]
어딘가 슬픈 노랫소리가 내 귓가에 들렸다. 뭔가 싶어서 주위를 둘러보니 세희가 소매에서 휴대폰을 꺼내 귀에 대고서 말했다.
"무슨 일이십니까."
모두의 시선이 집중된 가운데 세희는 귀에 폰을 대고서는 뭔가 이야기를 듣더니, 나를 보고서는 깊은 한숨을 쉬었다.
"후우……."

왜. 또 뭔데.

"알겠습니다. 아니요, 괜찮습니다. 알려 주신 것으로도 충분합니다. 예. 그렇습니까. 잘되었군요. 주인님께는 제가 말씀드리겠습니다. 그럼, 그 때는 잘 부탁드립니다. 그럼."

세희가 폰을 소매 안에 집어넣는 것과 동시에 내가 말했다.

"무슨 일 있어?"

세희는 고개를 흔들었다.

"별일 아닙니다."

도대체 내가 몇 번이나 말하게 만들 생각이냐. 난 네가 그 말을 할 때가 가장 무섭다고!

하지만 이번에는 조금 달랐다.

"요괴 중에서 나래 님을 숙청하기 위한 움직임이 있어 나래 님의 거취가 주목받고 있다 합니다."

무서운 정도로 끝나지 않았으니까.

"……뭐?"

어이가 없어서 되물은 나와는 달리 현재 상황을 제대로 이해한 사람은 따로 있었다.

"……지금 뭐라고 하였느냐?"

그건 랑이였다.

랑이는 벤치에서 벌떡 일어나서 털이라는 털은 온통 곤두세우는 것으로 모자라 나도 느낄 수 있는 매서운 기운을 내뿜으며 사람 하나 잡아먹을 듯한 눈빛을 번뜩였다.

요즘 들어 랑이가 화내는 모습을 자주 보는 것 같군.

"랑이 화났어."

"그래요."

그에 비해 이 모녀는 너무 태평한 거 아닐까.

"지금 한 말을 다시 해 보거라. 그러니까 지금 요괴 아해들이 나래를 해하려 한다 이 말이냐?"

세희는 랑이에게 대답하지 않고 나를 보았다.

그래, 그래. 랑이가 화나면 달래는 건 내 역할이지.

나는 성린을 성의 누나의 품에 안겨 주고 털이 바짝 서 있는 랑이의 꼬리를 잡아당겼다.

"아얏?!"

조금 전까지의 화가 난 모습은 어디 갔는지 랑이는 두 손을 뒤로 돌려 꼬리의 뿌리 부분을 만지며 뒤를 돌아보았다. 눈가에 살짝 눈물이 맺힌 게 내가 너무 세게 잡아당긴 느낌이 들기도 하다.

"왜 그러느냐?"

항의의 시선에 나는 일부러 어깨를 으쓱거리며 여유롭게 말했다.

"나래가 위험하면 세희가 여기 있겠나."

이야기를 들은 순간 나래를 보호하기 위해 갔겠지. 다시 말해, 세희의 반응을 보아 지금 나래는 안전하다는 말이다.

"하지만!"

그렇다고 해서 랑이의 심정을 이해 못 하는 건 아니다. 지금 태평한 척 하는 나 역시 가슴이 두근두근하는 건 사실이니까. 하지만 랑이가 있기에 나는 마음을 가라앉히고 말할 수 있었다.

"진정해."

"싫으니라! 지금 당장 나래를 지키러 가겠느니라! 세희는 성훈이를 부탁하느니라!"

그리고 랑이는 신묘한 몸놀림으로 땅을 박차고 날아오르려 했다.

"……꼬리 안 놓아줄 것이냐?"

내게 꼬리를 잡혀 있어서 실패했지만.

랑이의 힘이라면 나를 꼬리에 매단 채로 달려 나가는 것도 가능하겠지만 그럴 리가 없지.

그래서 나는 미소를 짓고는 마치 밧줄을 올라타듯이 랑이의 꼬리를 번갈아 잡아당겼다.

"으, 으냐앗?"

랑이는 있는 힘껏 반항하려고 했지만 그것도 잠시. 이내 내 허벅지 위에 앉아서 팔로 만든 밧줄에 포박당하고 말았다.

"이, 이것 놓거라! 혹시 모르는 일이잖느냐?"

나는 세희를 보았다.

"걱정하실 것 없습니다, 안주인님. 제가 서울에 쳐 놓은 결계가 있다는 것, 잊지 말아 주시기 바랍니다."

"하지만……."

세희가 말했다.

"제가 나래 님을 소홀히 생각할 리가 없지 않습니까."

세희의 이야기를 듣고서야 랑이는 버둥대는 것을 멈추고 안도의 한숨을 내쉬었다.

"휴우……. 그렇다면 그렇다고 먼저 말해 주거라. 깜짝 놀라지 않았느냐."

"죄송합니다, 안주인님."

세희는 고개를 꾸벅 숙이며 내 기준으로 장난기 넘치는 목소리로 말했다.

"다만…… 제가 말하지 않아도 알아주실 거라 믿었습니다."

그 말에 랑이가 몸을 움찔 떨었다. 신경 쓰여서 슬쩍 고개를 숙여 랑이의 표정을 보니…….

눈동자가 뱅글뱅글 돌아가고 땀을 줄줄 흘리는 것이 꽤나 당황하고 있는 눈치다.

"그, 그런 게 아니니라. 나는 그냥 나래가 너무너무 걱정되어서 그런 것이니라. 저, 절대로 네가 나래를 가볍게 보고 있다고 생각한 것이 아니니라."

이 녀석은 세희와 같이 지낸 시간이 나보다 더 길면서 왜 이렇게 당황하는지 모르겠다. 그 모습이 귀엽긴 하지만 조금 보기 안쓰러워서 나는 세희에게 말했다.

"너무 장난치지 마. 진심으로 받아들이잖아."

내 말에 세희는 은근히 미소 지었고, 그제야 랑이는 자신이 놀림거리가 되었다는 것을 깨달았는지 머리카락을 삐쭉 세우고는 세희에게 말했다.

"농담한 것이느냐?!"

"그렇습니다, 안주인님."

"으냐앗!! 그런 거로 농담하지 말거라! 진짜로 놀랐지 않느냐?!"

랑이는 놀림당한 게 꽤나 분한지 남의 몸 위에서 펄쩍펄쩍 뛸 기세로 바동거렸다. 세희는 다시 한 번 살짝 고개를 숙인 뒤, 랑이가 입을 삐죽 내미는 것을 확인하고서 내게 말했다.

"어찌 되었건. 현재 나래 님을 해치려는 세력이 생긴 것은 사실입니다. 그러니 최대한 일을 빨리 처리하는 것이 좋을 것 같습니다, 주인님."

나는 일부러 상쾌한 미소를 지었다. 세희는 인상을 구겼다.

"왜 그러십니까, 주인님."

"왜긴 왜야. 지금 중요한 걸 이야기 안 해 주고 은근슬쩍 넘어가려니까 그렇지."

"……칫."

일부러 분한 듯이 혀 차지 마라. 은근히 기쁘면서 말이야.

"왜 그런 요괴들이 생겼는지, 듣고 싶은데. 말해 줄 수 있어?"

"꽤나 귀찮은 남자가 되셨군요, 주인님."

다른 사람이 말하면 악담일 테지만 세희에게 들으니 칭찬으로 들린다.

"그래서?"

"알려 드리겠습니다."

세희는 잠시 내게 이야기를 들을 준비를 마칠 시간을 주고서 말했다.

“주인님께서는 곰의 일족에 대해 얼마나 아십니까.”

나는 잠시 말을 아끼고 생각을 정리한 뒤 말했다.

“웅녀의 후손으로 이루어졌고, 지금까지 요괴들을 관리…….”

잠깐. 잠깐만.

나는 말하다가 깨달았다. 아니, 이건 이미 알고 있던 사실들이다. 다만 내가 인식하지 못했을 뿐이다.

나는 말했다.

“곰의 일족의 차기 수장이 요괴의 왕과 반목한다는 건, 요괴들 입장에서도 꽤나 심각한 일이겠네. 인간들은 요괴들 사이가 나빠진다는 수준이겠지만 요괴들에게는 다시금 옛날처럼 관리당할 수 있다는 식으로 생각될 수도 있으니까.”

“그것으로 끝입니까?”

“아니. 현재 곰의 일족은 내 소유야. 웅녀가 내게 줬으니까. 그런데 그런 불안감에 움직인다는 건……. 나에 대한 믿음이 부족하다는 말이겠지. 요괴들은 기껏해야 내가 곰의 일족이 자신들을 과도하게 억압하지 못하는 정도의 영향력밖에 없다고 생각하는 거 아닐까? 그래서 후환을 없애려고 자체적으로 움직이려고 하는 거고.”

곰의 일족을 웅녀에게 양도받은 뒤 나는 그녀들에게 뭔가를 시킨 적이 없다. 그저 치안 유지 정도만을 부탁했을 뿐이다. 그리고 그것은 곰의 일족이 원래부터 담당하고 있던 업무의 일종이었고, 요괴들이 보기에는 내가 명목뿐인 곰의 일족의 소유자로 보일 가능성이 높다는 말이다.

"그래서 좀 묻고 싶은 게 있는데."

"물어보시지요."

"움직인 요괴들 중에 대요괴도 있냐?"

"아직은 없습니다. 다만 주의 깊게 지켜보는 자들은 있습니다."

그렇다면 지금 당장 크게 걱정할 건 없다는 말이다. 다만, 내가 나래와 대등하게 이야기하기 위해 앞으로 할 짓을 생각한다면…….

"너, 방금 요괴들이 이번 일에 관심을 가지고 있다고 했지? 그건 요괴들뿐이야?"

"그럴 리가 있겠습니까."

즉, 요괴의 반대 측에 있는 인간들도 똑같은 관심을 가지고 있다는 말이다. 힘을 가진 사람들이.

"그렇다면……. **요괴의 왕이 요괴들을 지켜 줄 정도의 힘이 있다는 것뿐만이 아니라, 인간 쪽과의 사이도 신경 쓰고 있다는 걸 한꺼번에 보여 줄 필요가 있다는 말이네.**"

어렵다.

"가능하시겠습니까, 주인님."

나는 쉽게 대답을 하지 못하고 잠시 생각에 잠겼다. 그런 방법이 있을까? 확실히, 두 번째 조건은 소가 뒷걸음치다 쥐 잡는 꼴로 해결이 가능하게 만들었다. 문제는…….

요괴들에게 내가 곰의 일족을 실제로 제어 가능하다는 것을 보여 주면서, 인간들에게는 과도한 견제를 하지 않을 거라는 인식을 심어 주는 한편, 나래와 화해를 해야 한다.

스스로 불러온 재앙에 짓눌려 절망이 하늘을 뒤덮는 기분이다.

하지만 나는 답을 찾을 것이다. 언제나 그러했듯이. 그렇게 생각에 잠기던 도중. 나는 뭔가 주위가 이상하다는 것을 깨닫고 고개를 돌려보았다.

"……."

"……."

"……."

랑이는 입을 떡 벌린 채, 성의 누나는 손으로 입을 가리면서, 성린은 눈을 동그랗게 뜬 채 나를 바라보고 있다. 세상에 존재하지 않는 무언가를 본 것같이 말이야.

"……왜 그래?"

내 질문에 랑이가 고개를 휙휙 흔들더니 덥석 내 손을 잡아 왔다.

"성훈아!"

나를 올려다보는 그 시선이 부담스러울 정도로 반짝인다. 나도 모르게 상체를 뒤로 젖히고 말 정도로.

"왜, 왜 그래?"

내가 뒤로 간 만큼 앞으로 다가온 랑이가 말했다.

"우리 낭군님이 이리 똑똑한 줄은 오늘 처음 알았느니라!!"

랑이의 말을 시작으로 성린도 고개를 끄덕였다.

"응. 아빠, 다시 봤어."

"그래요. 그것도 성훈의 또 다른 모습이군요. 다시금 반할 것 같아요."

성의 누나까지…….

그런데 이거 칭찬이지? 왜 나는 칭찬을 듣는데도 내가 평소에 얼마나 멍청해 보였으면 이런 말을 듣는 걸까, 같은 생각이 드는 걸까.

"원래 주인님께서는 잔머리 하나만큼은 일품이셨습니다."

세희 때문이다. 나는 눈을 흘기며 말했다.

"머리가 좋았으면 일이 이 지경까지는 안 왔다 이거지?"

세희는 미소를 지으며 고개를 끄덕였고 나는 한숨을 쉬려고 했으나……. 내 턱 밑에서 '우리 성훈이 최고!'라는 뜻을 담은 시선을 강렬하게 내뿜고 있는 랑이 때문에 속으로 삼켜야만 했다.

"그래서, 어떻게 하실 겁니까."

그게 문제지. 상황을 파악하는 것까지는 됐는데 이 문제들을 타파할 방법이 도저히 보이지 않는다.

그런 내게 세희가 한 발자국 앞으로 다가와 말했다.

"해답을 알려 드립니까."

나는 대답할 수 없었다.

머릿속에서 요괴의 왕으로서의 나와 소꿉친구로서의 내가 충돌하고 있으니까.

요괴의 왕은 세희의 말을 귀 기울여 듣고 현 상황을 타파하는 것에 무게를 두지만, 나래의 소꿉친구인 나는 내가 한 말을 지키겠다는 고집과 나래와의 일은 스스로 해결하겠다는 다짐에 더 무게를 둔다.

나는 어느 쪽에도 손을 들 수 없다. 둘 다 만족할 수 있는 방법을 생각해 내야 한다.

"응? 아빠, 왜 그래?"

사람의 마음을 자유자재로 읽는 성린은 그런 내 마음속을 눈치챈 것 같다. 나는 씁쓸한 미소를 지으며…….

"그러지 말고 순서대로 하면 되잖아?"

성린의 머리를 쓰다듬어 주려다가, 멈칫했다.

순서대로 한다. 그건 어린아이다운 순진한 말이었지만, 내게 발상의 계기를 주었다.

요괴의 왕으로서의 나와 소꿉친구로서의 내가 해야 할 일을 순서대로. 그렇게 생각하자 궤변 같은 한 가지 방법이 떠올랐다.

그리고 그것을 이용해 나래가 내 이야기에 집중할 수 있게 만드는 방법까지!

꽤나 힘든 일이겠지만 오늘의 나는 머리에 리본 달고 상자 안에 들어갔다가 쓰레기차에 실려 들어갈 뻔한 경험도 있다. 한 달 전에는 팬티 차림으로 TV에 출연한 적도 있다. 이 정도는 아무 문제도 없다.

다만 이걸 나래가 자신의 말을 무시하지 않았다고 생각해 줄지가 문제지만…….

음.

뭐, 괜찮겠지.

명분이라고 해야 하나, 핑계 거리라고 해야 할지 모를 것도 있고……

나래는 상냥하니까 어떻게든 되지 않을까?

"고마워, 성린아."

그래서 나는 히쭉 웃으며 성린의 머리를 쓰다듬어 주며 말했다.

"덕분에 지금부터 어떻게 할지 정했다."

머리가 쓰다듬어지는 게 싫지는 않은지 성린이 눈을 살며시 감으며 살짝 들뜬 목소리로 말했다.

"이런 게 토사구팽이야?"

……어디서 많이 들어 보고 옛날에는 뜻을 알았던 것 같은 사자성어지만 지금은 모르겠다. 그렇다고 토사구팽이 뭔지 모른다고 이실직고하기에는 아빠로서의 사회적 위치라는 것이 있기에 슬쩍 넘어가기 위해, 모두에게 말했다.

내가 세운 계획을.

나의 부탁을.

반응은 다양했다.

"그래요. 그게 성훈의 방식이군요. 저는 성훈의 뜻을 따르겠어요."

성의 누나는 고개를 끄덕여 줬다.

"역시 아빠는 재밌어. 신기해."

성린은 나에게 흥미를 보였다.

"난 조금 걱정되지만……. 검둥이가 말했느니라. 이번에는 널 방해하지 않는 게 좋을 것이라 말이니라. 그러니 널 믿고 따르겠느니라."

랑이는 내 손을 꼬옥 잡으며 신뢰의 눈빛을 보냈다.

"이것저것 꼬인 분들이다 보니 해결 방식도 꼬여 있군요."

세희는 그렇게 말하며 내 계획을 인정해 줬다. 어디가 인정이냐고? 일단 해결 방식이라고 말했잖아.

"자, 그럼. 해 줄 수 있겠어?"

내 질문에 성의 누나와 세희는 고개를 끄덕였다.

그렇다면…….

"정미 누나한테 연락 좀 해 줘라. 부탁한 건 어떻게 됐는지 알아봐야 하니까."

내 질문에 세희가 미소를 띠우며 말했다.

"조금 전 제가 받은 전화가 누구에게서 온 것 같습니까?"

……그러면 먼저 말 좀 해 달라고.

"그래서?"

"주인님의 뜻대로 진행되었으니, 신호를 주시면 합류하겠다 하셨습니다."

"그래?"

그러면 이제 내가 할 건 하나밖에 없군.

"가자."

나래의 집으로.

폭발하는 이야기

콰앙!

검은색 양복을 쫙 빼입고 선글라스까지 낀 나는 대문을 발로 걷어찼다. 그것으로 **대문은 산산조각이 나서 박살이 났고** 경보음이 울려 퍼진다.

"……아무리 그래도 이건 좀 너무한 것 같으니라."

나와 같이 검은 정장을 입은 랑이가 걱정된다는 듯 말했지만, 나는 삐뚤어진 미소를 지어 줄 뿐이다.

나도 그렇게 생각하니까.

하지만 이것이 좋다. 이 정도가 좋다.

요괴들에게 요괴의 왕이 곰의 일족 차기 수장을, 더 나아가서 곰의 일족을 두려워하지 않는다는 것을 보여 주기 위해서는 이 정도가 알맞다.

처음은 강렬해야 하니까.

나는 세상에 두려울 것이 없다는 듯한 걸음걸이로 척척 앞으로 나섰고 그런 내 옆에는 랑이가 있었다. 그 뒤에는 역시 검은 정장을 입은 세희가 따라왔다.

그런 우리 주위에 하얀 나비가 날아다닌다.

나는 어깨는 쭈욱 펴고, 허리는 세우고, 턱은 들어 올린다. 세상의 왕이 나라는 느낌으로 당당하게 걸어 나간다. 건방져 보이기 위해 일부러 고개를 꺾는다. 왁스로 세운 머리카락이 신경 쓰이지만, 괜찮겠지.

지금의 나는 무적이다.

나는 그렇게 결정했다.

"……이게 무슨 짓입니까."

정원을 반쯤 지나기도 전에, 집 안에서 준호 아저씨가 나왔다. 평소의 온화한 모습은 어디 갔는지 적의를 내보이며 이쪽을 난봉꾼 보듯 하고 있다.

실제로 난봉꾼 맞지만.

세희가 내 옆으로 나오며 말했다.

"말을 낮춰라, 인간. 왕의 어전이다."

그 말에 준호 아저씨는 인상을 굳히며 내게 말했다.

"요괴의 왕으로서 온 겁니까, 성훈 님."

나는 왕이다.

나는 왕이다.

나는 왕이다.

나는 요괴의 왕이다.

나는 자기 자신에게 다시 한 번 세뇌를 하듯 되새김질하고, 말했다.

"지금 하찮은 인간 따위가 요괴의 왕인 짐에게 입을 놀리고 있군."

랑이의 입이 떡 벌어졌다.

"세희. 네년은 도대체 뭘 하고 있는 거냐."

랑이의 눈동자가 튀어나올 것 같다.

하지만 더 가관은 세희의 반응이었다.

"달게 받겠습니다, 전하."

세희는 내게 허리를 깊게 숙여 사과를 한 뒤, 똑바로 서서는 준호 아저씨를 보며 손을 흔들었다.

"네놈은 사라지거라."

그것으로 준호 아저씨가 말 그대로 사라졌다.

……어?

"전하께 입을 놀린 것은 잠시 다른 곳에 치워 두었습니다."

다행히 세희가 내 마음을 읽어 줘서 당황한 모습을 보이지 않을 수 있었다. 지금 이 모습을 보고 있는 이는 한둘이 아닐 테니까.

그런 생각을 하며 나는 고개를 들었다. 창문을 통해 이쪽을 내려다보고 있던 누군가가 사라지는 것을 보았다.

나래겠지.

……괜찮을까. 이래도 괜찮을까.

"전하."

세희의 외마디 말에 나는 정신을 차렸다. 지금 딴생각하고 있을 때가 아니긴 하다.

집중하자, 집중.

나는 속으로 크게 심호흡을 한 뒤, 세희에게 말했다.

"열어라."

다시 한 번 대문처럼 부숴 버릴까 싶기도 했지만, 그런 건 한 번이면 충분하겠지.

세희는 내 말에 따라 집 안으로 이어지는 문을 열었다. 이제 남은 건 올라가는 일뿐이다.

이 위에는 나래가 있다. 그 위에서 벌어질 일은 어느 정도 짐작할 수 있다. 아니, 내가 일어나게 만들 거다.

그렇기에 나는 말했다.

"랑이, 넌 여기 남아 있어. 그 누가 온다 해도 들여보내지 말고, 무슨 일이 벌어진다 해도 안에 들이는 자가 없도록."

"……정말 그래야만 하느냐? 나는 그래도 너를 따라가고 싶으느니라."

끝까지 나를 따라오고 싶다는 마음이 가득 담긴 목소리에 마음이 아프지만…….

나는 지금 선글라스를 끼고 있다.

"흑호와의 약속을 기억해."

자신의 사랑하는 언니이자 내 앙숙의 이름을 들먹이자 랑이는 아무 말도 하지 않고 고개를 끄덕였다. 따라오겠다고 말하지 않아서 다행이다.

“여기서 기다리고 있어.”

나는 랑이의 머리를 한 번 쓰다듬어 주고 나서 나래의 방이 있는 2층으로 올라갔다.

방문은 굳게 닫혀 있었고, 그게 나래의 마음이라는 것을 짐작하고도 남는다.

나는 세희를 보았다. 세희는 선글라스를 벗으며 장난기 가득 찬 눈동자로 나를 보며 말했다.

“결계를 치겠습니다, 전하.”

나는 고개를 끄덕이는 것으로 대답하고 잠시 기다렸다.

그리고 다시금 지리산에서 나를 위해 펼쳐졌던 그 결계가 나래의 집을 감쌌다. 그와 동시에 자신의 마음을 숨기기 힘들어지는 느낌이 들었다.

내가 세희와 성의 누나에게 부탁한 것 중 하나가, 그때 지리산에서 쳤던 결계를 이곳에서도 쳐 달라는 것이었다.

이 결계에는 사람의 마음을 숨기기 힘들게 만드는 효과가 있으니까.

그건 그렇고……. 그때의 나도 참 용게 이런 분위기 속에서 그렇게 얻어터지면서 본심을 숨겼구나. 그런 생각을 하며 있자니, 주위를 날던 나비가 세희의 손등에 앉았다. 세희는 나비의 날개를 잡고서 소매 속에 집어넣었다.

때가 된 것 같다.

나는 확인을 위해 세희에게 물었다.

"영상 잘 찍었지?"
"송신까지 완료했습니다."

세희가 엄지를 세웠다. 그제야 나는 한숨을 쉬고 몸에 살짝 힘을 뺐다.

휴~ 어깨에 힘주느라 힘들어 죽는 줄 알았네. 그래도 성과는 있었다. 이것으로 내가 곰의 일족을 무서워하지 않는다는 것을 세희의 나비를 통해 요괴들에게 보여 줄 수 있었으니까.

첫 단계는 완료했다.

"잘 어울리시더군요."

세희의 빈정거림에 나는 날을 세우고 두 번째 단계를 위한 준비를 다시 한 번 점검해 보기로 했다.

"그보다 나한테 건 요술, 정말 괜찮은 거지?"

내가 세희에게 부탁한 것 중 세 번째.

대문을 박살 냈다는 것에서 알 수 있겠지만, 지금의 나는 세희가 몸에 요술을 걸어 주었다. 음……. 알기 쉽게 RPG 게임을 예로 들어 말하면 버프 효과를 주는 것으로 근력, 민첩성, HP 회복 등등.

세희의 설명으로 지금이라면 어른이 된 치이와 한판 붙어도 지지는 않을 정도로 강해졌다고 한다.

다만 그런 만큼, 걱정되는 게 있다.

"괜찮습니다. 나래 님께서도 신 내림을 받으신 몸입니다.

지금의 주인님보다 강하면 강했지 약하지는 않을 것입니다."

……그건 좀 무서운데. 내심 겁에 질려 있자니 세희가 그런 나를 놀리듯이 섬뜩한 미소를 지으며 말했다.

"오히려 주인님의 신체가 반인반선의 그것이라 **요술의 효율이 좋지 않은 것**을 생각하면, 지금 걱정하셔야 할 건 주인님의 목숨이겠지요."

"꼭 그 이야기를 지금 해야겠…… 아니지."

세희의 속뜻을 눈치챈 나는 한숨을 쉬었다.

"그렇게 마지막의 마지막까지 시험을 해야 속이 편하냐?"

"무슨 말씀이신지?"

"……됐어."

모르는 척 할 생각인가 보다. 그렇다면 파고들 생각도 시간도 없다.

"어쨌든 인제 와서 물러날 생각은 없으니까, 뒤에 있어."

세희는 고개를 끄덕이고 슬쩍 뒤로 물러섰다.

자, 이제부터가 진짜다.

각오를 다진다. 나는 지금부터, 나래를 감싸 안는 것이 아닌 꿰뚫을 생각이니까.

마음의 준비가 끝난 뒤, 나는 문을 열었다.

잠겨 있었다.

예상했던 반응이다. 그렇기에 나는 당황하지 않고 **발로 손잡이를 걷어찼다**. 굉음이 울렸다. 방문은 열리지 않았다.

나는 다시 한 번 걷어찼다.

콰직, 하고 뭔가 부서지는 소리가 나며 방문이 떨어져 내렸다. 나는 목을 한 번 풀고서 말했다.

"들어간다."

영상과 성의 누나를 통해 알고 있었지만 실제 내 눈으로 보니까 방 안의 풍경이 더욱더 압도적이다. 이 정도면 스토커 수준이지. 살짝 기가 눌릴 것 같다. 하지만 나는 그러지 않는다.

요괴의 왕이니까.

지금은 요괴의 왕으로서 이곳에 있는 거니까.

"……."

"……."

하지만 나래가 침대 위에서 인형을 끌어안고 거기에 고개를 묻고 있는 모습을 보는 순간 마음이 약해졌다.

내 선택이 옳은 걸까?

이렇게 멋대로 행동해도 되는 걸까. 좀 더 완만한 방법이 있지 않을까.

이게 정말 최선일까.

아니겠지. 이런 게 최선일 리가 없다. 그렇기에 이것이 최선이다. 너무나 오랜 시간을 끌었다.

터질 것은 터져야 한다.

그렇기에, 나는 그를 위한 준비를 했다.

그렇기에, 나는 그를 위한 준비를 한다.

"서나래."

나래를 성까지 불러 본 적이 지금까지 단 한 번이라도 있었나. 없었겠지.

성을 부르는 건 그만큼 거리감이 느껴지게 만드니까.

"대답 좀 하지?"

나래는 아무런 반응도 보이지 않았다. 내 얼굴도 보기 싫다고 말하고 싶은 걸까.

하지만 그러기에는 너무 많은 걸 알아 버렸는데 말이야. 나는 나래에게 다가갔다. 감정적인 거리는 몰라도 물리적인 거리는 손쉽게 줄일 수 있지.

"저리 가."

내가 침대의 앞에 섰을 때, 나래가 말했다.

"너한테 할 말 없어."

"나는 있는데."

"나는 없어."

"그래서?"

인형을 쥐고 있는 나래의 손에 힘이 들어가는 것이 보인다. 옛날 같으면 그대로 옆구리에 강렬한 주먹이 날아올 법했는데. 많이 참고 있구나.

그래. 나래는 상냥한 아이라서…… 너무 많이 참았지. 그걸 나는 몰라줬고.

이제 끝내 줄 때가 왔다.

그래서 나는 말했다.

"너 말이야. 지금 자기가 곰의 일족의 차기 수장이라는 건 생각도 안 하고 있지?"

내 말에 나래가 몸을 움찔 떠는 것을 보았다. 내가 이런 말을 할 거라고는 상상도 못 한 것 같다. 물론 나도 이런 말을 하기 위해서 온 건 아니다. 하지만 이건 확실하게 해 놓고 넘어가야 한다.

"난 말이야. 지금 요괴의 왕으로서 널 찾아온 거야. 곰의 일족 차기 수장, 서나래."

요괴의 왕으로서의 일은 요괴의 왕으로서.

강성훈으로서의 일은 강성훈으로서.

공과 사. 그 두 가지를 나눔으로써 나래가 내 이야기에 집중하게 만들어야 한다.

"……수장 같은 건 할 생각 없어."

나래는 여전히 고개를 숙이고 있음에도 나는 일부러 어깨를 으쓱하며 말했다.

"그러면 정미 누나에게 말해서 뭐라도 했어야지. 덕분에 다들 얼마나 곤란한 상황인 줄 알아? 요괴의 왕과 곰의 일족의 관계가 나빠졌다는 거에서 끝난 것도 아니고, 인간과 요괴의 관계가 틀어진 것 아니냐는 말도 들려오고 있다고."

상냥한 나래는 내 말을 무시할 수 없다. 단순히 나와 자신의 관계라면 모르겠지만, 이건 우리 둘만이 아닌 다른 아이들까지 연관되니까.

내 예상대로 나래는 반응을 보였다.

"알았어."

가슴골에서 휴대폰을 꺼내 전화를 건다. 그리고 누나, 누나, 사랑해요, 라는 어딘가 익숙한 목소리의 벨소리가 들려왔다.

창문 밖에서.

내가 신호를 보낼 생각이었는데 수고를 덜었네.

"어?"

나래는 깜짝 놀라서 창밖을 바라보았다. 동시에 창문이 열리고 커튼이 펄럭인다.

"불렀어?"

방 안으로 들어온 건 정미 누나였다. 보는 것만으로 사람의 스트레스 지수를 낮추고 수명이 10분 늘어나며 앉은뱅이가 일어서고 벙어리가 말을 하게 되는 성스러운 가슴은 여전하다. 바로 엎드려서 절을 하고 싶어졌지만 지금 그랬다가는 큰일이 나겠지.

"언니?"

"응."

정미 누나는 휴대폰을 꺼 버리고서는 침대로 걸어왔다. 그러면서 은근슬쩍 내게 윙크를 보내는데…….

지금 그러지 말아 주세요. 겨우겨우 만들어 낸 요괴의 왕 Ver. 강성훈이 순식간에 부서져 버릴 것 같습니다.

"무슨 일로 오셨어요?"

"무슨 일이긴. 곰의 일족 차기 수장이 벌인 일 때문에 이

고생 저 고생 하다가, 이대로는 안 되겠다 싶어서 온 거지."

평소의 정미 누나와는 달리 목소리에 싸늘한 냉기가 담겨 있었다. 마치, 처음 누나를 보았을 때처럼.

"전 곰의 일족의 수장 같은 건 이제 될 생각 없어요."

정미 누나가 말했다.

"누군 하고 싶어서 하는 줄 아니?"

그 목소리에는 날이 바짝 서 있다.

"나도 네 나이 때에 전대 수장이 변고를 당해서 덜컥 수장이 되었어. 그러고서 얼마나 고생이 많았는지……."

정미 누나가 슬쩍 이쪽, 정확히 말하면 문 밖에서 대기하고 있는 세희를 본 것 같다. 하지만 지금은 세희와 드잡이를 벌일 때가 아니라고 생각했는지 다시 나래에게 시선을 돌린다.

"그런 이야기는 됐고. 지금 중요한 건 그게 아니니까."

정미 누나가 나래를 엄한 눈으로 내려다보며 말했다.

"너 때문에 내가 지금까지 얼마나 고생했는 줄 알아? 세상에 풀려난 요괴들이 혹시 사고 치지 않나 감시하는 것도 힘든데 할 일이 두 배로 늘었단 말이야."

"그래서 뭔가요? 그때처럼 멋대로 명령이라도 내릴 건가요? 성훈의 곁에 있으라고?"

나래의 목소리도 절로 날카로워졌다. 정미 누나는 나래의 시선을 그대로 받아 주다가, 이내 후우, 하고 한숨을 쉬고는 절레절레 고개를 흔들었다.

"내가 사과했을 때 한 말은 다 까먹은 거니?"

정미 누나의 말에 나래가 인상을 찌푸리며 아랫입술을 깨물었다.

나래와 정미 누나가 그때 무슨 이야기를 했는지는 모른다. 하지만 적어도, 지금 정미 누나가 사과를 했을 때 들었던 이야기를 마음에 두지 않고 말했다는 사실에 나래가 자기 자신에게 화가 났다는 것은 알 수 있었다.

나래가 고개를 숙이며 말했다.

"죄송해요."

정미 누나가 말했다.

"괜찮아. 어차피 난 이제 더 이상 곰의 일족의 수장이 아닌걸."

"……예?"

당황하며 고개를 든 나래에게 어딘가 사악해 보이는 표정을 지은 정미 누나는 가슴골에 손을 집어넣었다. 그로 인해 출렁이는 가슴에 내 시선이 아주 잠시 강탈당했지만, 말 그대로 순간이었다.

정미 누나의 가슴골 사이에서 그것이 뽑혀 나왔으니까.

미리 말해 두는데, 브래지어 아니다.

웅녀의 뼈 몽둥이다.

왜 그걸 지금 꺼내느냐는 듯 바라보는 나래에게 정미 누나가 말했다.

"나래야. 오늘부터 네가 곰의 일족 수장이야."

내가 지리산을 떠나기 전, 정미 누나에게 전화를 건 이유는 두 가지.

첫 번째 이유는, 나래에게 곰의 일족의 수장 자리를 넘겨 달라는 부탁을 하기 위해.

내 말에 정미 누나는 이렇게 말했다.

"성훈이도 어른이 되어 가는구나?"

무슨 뜻인지는 모르겠지만 내 부탁을 들어줬으니 상관없겠지. 덕분에 눈동자가 휘둥그레질 정도로 놀라며 진실된 감정을 내보이는 나래를 볼 수도 있고 말이야.

"……예?"

정미 누나는 정말 기쁜 표정을 지으며 웅녀의 뼈 몽둥이를 나래의 옆에 놓았다. 그걸 어리둥절해하며 바라보는 나래에게 정미 누나가 정말 기쁜 모습을 숨기지 않고 말했다.

"아~! 정말 힘들었는데, 잘됐네. 네가 저지른 일이니까 네가 잘 해결해 봐. 그럼 난 가 볼게."

"자, 잠깐, 언니?"

나래가 뼈 몽둥이를 잡기도 전에 정미 누나는 재빨리 창문을 통해 밖으로 나갔다. 그러면서도 내게 다시 한 번 윙크를 하는 것은 무슨 의미일까.

상관없겠지. 지금 정미 누나가 나를 남자로서 좋아하는 것도 아니고 귀여운 남동생처럼 여기고 있는 것 같으니.

잡생각은 그만하자. 지금은 나래에게 사과하고 용서받고 설득하는 것에 전념을 다할 때다.

"뭐, 그렇게 됐어. 앞으로 잘 부탁해, 곰의 일족 수장."

"너, 너?!"

소꿉친구이다 보니 무슨 말을 하고 싶어 하는지 알 것 같다. 내 얕은수를 모를 나래도 아니고 말이야.

"아, 그런 건 아니야. 그런 식으로 널 옭아맬 생각은 없어."

현재의 곰의 일족은 요괴의 왕인 나의 휘하에 있다. 즉, 다시 말하면 곰의 일족들의 가슴은 전부 내 손아귀에서 말랑말랑 물컹물컹…….

크흠!

정미 누나를 오랜만에 봤더니 생각이 자꾸 이상한 쪽으로 흐르네.

나는 진정하고 말을 이었다.

"너를 곰의 일족 수장으로 세운 건 다른 이유니까."

"……또 이상한 짓 할 생각이지?!"

역시 나를 너무나 잘 아는 나래다운 말이다.

"그래."

나는 고개를 끄덕이고, 선언했다.

"요괴의 왕 강성훈이 고한다. 지금 이 순간부터 요괴의 왕은 곰의 일족에 대한 통치권을 포기한다. 곰의 일족은 웅녀와 요괴의 왕으로부터 영원히 자유의 몸이 될 것이다. 웅녀로부

터 곰의 일족을 양도받은 요괴의 왕으로서, 나는 그녀들의 자유를 인정하고 지켜 줄 것이며, 그녀들이 진정한 자유를 얻고자 노력하는 데 어떠한 제약도 가하지 않을 것이다."

"너?!"

내 말에 나래가 깜짝 놀라 했다. 내가 왜 이런 짓을 하는지 모르겠다는 거겠지. 하지만 이것은 반드시 필요한 일이다.

첫째.

나래와 내가 동등한 입장이 되기 위해.

나래는 아직 반쪽일 뿐이지만 일단 곰의 일족이다. 그리고 나에게는 곰의 일족을 마음대로 부릴 수 있는 힘이 있다.

이런 상황에서 제대로 된 이야기가 될 리가 있나.

그러면 꼭 나래를 곰의 일족의 수장으로 만들 필요가 없다고 생각할 수도 있겠지만…….

다시 말하지만, 나래와 내가 동등한 입장이 되기 위해서 필요한 일이었다.

요괴의 왕과 반쪽짜리 곰의 일족. 혹은, 평범한 인간 여자애. 나는 그 입장 차이를 드러낼 생각이 없지만, 그건 어디까지나 내 입장이다. 나는 만의 하나라도 나래가 그런 것을 생각해서 자신의 진심을 말하지 못하는 경우를 막아야 했다.

나를 견제할 수 있는 힘을 가짐으로써.

둘째.

내가 요괴의 왕이지만 내가 바라는 건 인간과 요괴가 행복하게 살 수 있는 사회라는 것을 인간들 측에 보여 주기 위해서.

물론 요괴들의 입장에서는 다르게 생각하겠지. 내가 통제를 못 하니까 포기한 거로 보일 수가 있을 거다. 하지만 내 계획대로 된다면, 그렇게 보일 가능성은 절대로 없다.

"무슨 생각이야?"

나래가 경계심과 적의로 가득 찬 눈으로 나를 본다. 적어도 이제 마음을 숨기는 건 무리인 것 같다.

결계 때문일까, 아니면 내 행동 때문일까. 그런 건 아무래도 좋겠지. 중요한 건 나래가 자신의 마음을 드러내고 있다는 거니까.

나는 어깨를 으쓱거리며 말했다.

"네가 '어차피 난 곰의 일족이니까 네 말을 무조건 들을 수밖에 없잖아?' 같은 말을 못 하게 하려고. 너한테 그런 말 듣는 거 짜증 날 것 같거든."

"……그렇게 멋대로 해도 되는 거야?"

"멋대로가 아니야. 나름대로 고민한 거라고. 여러 가지를 따져 보기도 했고, 웅녀의 승낙도 받았어."

정미 누나에게 전화를 건 두 번째 이유.

웅녀에게 양해를 구하고 승낙을 받기 위해서.

결과는 보는 것과 같다.

나래는 입을 다물고 나를 노려보다가 힘들게 입을 열었다.

"그래…… 그런 거라 이거지?"

이래서 기본 하드웨어가 중요하다는 건가. 나는 지혜열이 날 정도로 열심히 생각한 걸 순식간에 이해를 해 버리니 좀 허망할 정도다.

뭐, 간단하다면 간단한 일이니까.

지금까지 내가 한 짓을 예시를 들어 말하자면 이거다.

계급장 떼고서 이야기 좀 해 보자.

참 쉽죠?

그리고 나래는 그 부분을 파고들었다.

"그러면 말이야…… 이제 돌아가시지그래, 요괴의 왕? 곰의 일족의 수장으로서, 앞으로는 잘 처신할 테니까."

다시 말하면, 지금 억지로 쳐들어온 건 요괴의 왕으로서의 업무 때문이었다고 하니까 봐주겠지만, 계속 이곳에 있으면 다시는 얼굴을 안 볼 거라는 뜻이다.

그 말이 나올 거라고 짐작해 두었기에 나는 준비한 말을 꺼냈다.

"하지만 요괴의 왕인 나도, 나래의 소꿉친구인 나도, 모두 나! 그런 나를 만난 시점에서 네가 만나 주지 않겠다는 말, 어, 그러니까 축객령? 그래. 축객령은 이미 깨진 거라는 거지."

나도 참 낯짝이 두꺼워진 것 같다. 이런 말도 안 되는 소리를 하고서 떳떳하게 서 있을 수 있는 걸 보니까.

"그런 거를 궤변이라고 하는 거야, 성훈아."

나한테는 궤변보다는 핑계에 가깝지만, 싹 잡아뗀다. 이미 알고 있었던 사실이기도 하고.

"어쩔 수 없잖아? 이런 거라도 없으면 만날 수도 없는데. 그리고 궤변일지는 몰라도 거짓말은 아니야. 그만큼 일이 커진 건 사실이니까. 그리고 내가 이곳에 있다는 것과 네가 나와 말을 섞고 있다는 거에서 네 말도 이제 의미가 없어."

나래는 입을 다물었다. 화가 나 있는 상태에서도 자신의 행동이 다른 사람들에게 어떤 영향을 끼쳤는지 생각하니 죄책감이 든 거겠지.

이런 상황에서도 말이야.

하지만 나는 나래가 미안해하는 것을 원치 않는다. 지금 나래에게 필요한 건 그런 것이 아니다.

나는 나래가 마음속에 담아 둔 화를 터트리기를 원한다.

지금이 기회다.

죄책감에 자책하고 있을 나래에게, 나는 승부수를 던지기로 했다.

"하아……. 뭐, 알았어. 그러면 이 말만 하고 갈게."

나래가 관심을 보이는 것을 확인한 후, 나는 온갖 악의를 가득 담아 말했다.

"야, 자기가 차 버리고서 비극의 여주인공 행색 하고 있는 거 짜증 나니까 이제 그만 좀 해라. 응? 누가 보면 성녀 난 줄 알겠다."

오랜만에 제대로 빈정대는 것 같다. 내 말에 나래가 고개를 들었다. 나에 대한 분노가 가득 찬 그 얼굴을 보니, 내 마음에 이상하게도 환희가 가득 찼다.

"지금…… 뭐라고 그랬어?"

얼마나 화가 났는지 안고 있는 인형에서 찌지직거리는 소리가 난다.

"그 인형은 내가 아니야. 찢어 봤자 헛수고라고."

조금 떨리지만 있는 힘껏 도발을 해 본다.

"그리고 대답을 해 주자면, I said. 비극의 여주인공 행색 그만하라고 하였사옵나이다, 나래 님."

"……성훈아."

그래. 이거다. 이 오싹함. 전신의 세포가 떨리는 이 느낌. 나래는 시선만으로 나를 죽일 준비가 이미 끝난 것 같다.

"너하고 할 말 없으니까……."

"나가라고?"

나래의 말을 가로챘다. 최대한 나래가 기분 나쁘도록 가벼운 말투로 빈정거린다.

"아니, 뭐, 나가긴 할 건데 말이야. 나가긴 할 건데……."

나는 비열하게 웃으며 말했다.

"만약에 내가 안 나가면 어떻게 할 거야? 경찰이라도 부르게? 알다시피 나는 요괴의 왕이야. 인간의 법 같은 건 나한테 영향력이 없어. 아니면 강제로라도 쫓아낼 거야?"

나는 뒤에 있는 세희를 손가락으로 가리키며 말했다.

"가능하겠어?"

나래는 내 질문에 침대에서 일어서는 것으로 대답했다. 나를 향해, 정확히 말하면 내 뒤편의 문을 향해 똑바로 걸어가는 나래에게 중세 귀족처럼 자세를 취하며 물러서 준다. 나래는 그런 내게 시선 한 번 주지 않고 문을 나서려고 했지만 세희가 그 앞을 가로막았다.

나래와 세희의 눈싸움이 시작됐다. 먼저 입을 연 건 나래였지만.

"비켜. 나가게."

"죄송합니다, 나래 님. 주인님의 명을 받아서 말이죠."

세희가 절대로 비켜 주지 않을 거라는 걸 눈치챘는지 나래가 다시금 나를 보았다. 뭐라고 형용할 수 없는 수많은 감정이 요동치고 있는 눈동자를 피하지 않는다.

"너……."

나래가 아랫입술을 깨물며 화를 참고서 말했다.

"지금 나한테 시비 거는 거야?"

"엄마야, 그걸 이제 아셨어요?"

"도대체 무슨 생각이야?"

"도대체 무슨 생각이긴."

이제야 나를 볼 생각이 든 것 같다. 이런 인형이나 포스터 같은 것이 아닌.

여기에 있는.

이 자리에 있는 나를 말이야.

"너한테 사과할 생각이지."

내 대답에 나래의 시선이 흔들렸다. 어이가 없겠지. 내가 생각해도 어이가 없다. 지금까지 보인 태도가 어딜 봐서 사과하는 사람의 것이라고 생각할 수 있겠어? 시비를 걸고 싸움을 벌일 사람이면 몰라도.

"사과?"

"응."

나는 고개를 끄덕이고 나는 연기하듯 말했다.

"미.안.해.나.래.야.내.가.잘.못.했.어.그.동.안.네.마.음.을.너.무.생.각.안.했.어.모.르.는.척.했.어.미.안.해.그.러.니.까.앞.으.로.잘.해.보.자."

그리고 내 연기 실력은 빵점이지.

"……하아."

뒤에서 세희가 한숨을 쉬는 소리가 들린다. 정작 당사자인 나래는 할 말을 잃고 있는데 말이야. 나는 어깨를 으쓱하며 평소처럼 말했다.

"그러니까 투정은 그만 부리고 이제 돌아오지그래? 내 하렘에 네 자리 하나 마련해 줄 테니까. **세컨드면 충분하지?**"

그 말과 함께.

내 안면부가 완벽하게 박살 났다. 코뼈가 내려앉았고 이가 부러지며 뽑혀 나갔다. 얻어맞은 충격에 뒤로 날아가 벽에 부뒷쳤다. 허파에서 공기가 빠져나가며 비명이 튀어나온다.

"케에에엑!!"

성의 누나로 인해 단련된 내 눈은 그러는 도중에도 나래가 너클을 꼈다는 것을 놓치지 않았다.

"이 쓰레기가!!"

내 피로 범벅이 된 주먹을 들어 올리며 나래가 고함을 질렀다. 나도 뭔가 말을 하고 싶었지만 입안이 피투성이에, 그로 인한 고통 때문에 그대로 몸을 웅크린 채 신음만 흘렸다.

요술 걸어 놓기를 잘했어!

그런 생각을 하는 것과 동시에 고통이 사라졌다. 나래에게 맞은 상처는 이미 치료가 다 끝나 있었다.

그러면 엎드려 있을 이유가 없지. 나는 입에 가득한 피 섞인 침을 퉷 하고 뱉고 일어서서 외쳤다.

"그걸 이제 알았냐?!"

다시금 나래가 달려들었다. 하지만 나도 예전의 내가 아니라고! 조금 전에야 방심해서 제대로 맞았지만 지금은 아니다. 몸이 반사적으로 움직인다. 마치 일류 권투 선수처럼 몸을 숙여 내 머리를 노리는 나래의 주먹을 피하는 것과 동시에!

"으아아아앗!!"

있는 힘껏 앞으로 달려 나가며 나래의 허리에 태클을 건다.

"읏?"

이대로 눕혀 버리고 마운트 자세로 간다!

하지만 나래도 그리 호락호락 당해 주지 않았다. 등에 묵직한 충격과 고통이 가해진다. 몸에서 뚜두둑 하는 소리가 난다. 힘이 빠진다.

아, 이거 부러졌네. 그렇게 생각하는 동시에 다시 몸에 생기가 돌아왔다.

"요술이 무슨 만병통치약인 줄 아십니까, 주인님……."

내게 있어서는 마찬가지니까 상관없잖아!

나래는 몇 번이나 내 몸을 망가뜨렸지만 그때마다 요술로 치유가 되었고, 나는 목적한 바를 이룰 수 있었다.

"이거 놔!"

나래를 방바닥에 깔아 눕히고 그 위에 올라타고 있자니 기분이 참 묘하다. 그럴 상황이 아니라는 것을 알면서도 내 하반신 앞으로 봉긋이 솟아오른 가슴을 보고 있자니…….

"이, 이, 이 변태가?!"

내 신체의 변화를 눈치챘는지 나래가 눈을 부라리며 떨리는 목소리로 소리쳤다.

"아, 이건 고의가 아니야."

아무리 나라고 해도 이런 상황에서 그런 생각을 할 리가 없다. 그냥 남자라서 그런 거다.

"뭐, 어쨌든. 너무 세게 때리는 거 아니야? 내가 죽었으면 큰일 났을 거라고."

세희의 요술이 없었다면 진즉에 죽었어도 이상할 게 없었을 것 같다.

"요술 걸려 있으면서 무슨 헛소리야?!"

"알고 있었어?"

"당연하지!"

하긴 몰랐으면 그런 주먹을 날릴 일도 없었겠지.

"것보다 빨리 비켜!"

나래가 내 몸 아래에서 바동거리면서 반항을 한다. 평소의 나였다면 바로 물러나서 엎드려 절하며 빌었겠지만, 지금은 아니다.

그러고 싶은 마음이 없는 것이 아니다.

하지만 나래가 나를 제대로 보고 있을 때 해야 할 일이 있다.

"이야~ 이렇게 있으니까 옛날 생각나지 않아?"

"……뭐?"

어이없다는 듯이 나래가 말했다.

"옛날에 자주 이랬잖아. 유치원 때."

"헛소리하지 말고 안 비켜?!"

나래의 말을 무시한다.

"우리도 참 많이 컸다. 그치?"

"그치는 무슨……."

나는 나래에게 얼굴을 들이댔다. 내 돌발적인 행동에 나래가 깜짝 놀랐는지 입을 다물었다.

며칠 동안 안 씻고 제 몰골이 아니라고 해도, 나래는 예쁘다. 응. 정말 예쁘다. 이렇게 보고 있자니 알 수 있다.

키스하고 싶다. 핥고 싶다. 만지고 싶다. 내 색으로 물들이고 싶다.

내 것으로 하고 싶다.

온갖 어두침침한 감정들이 하반…… 아니, 척추를 타고 흐른다.

물론, 하지 않습니다. 지금 나는 나래에게 사과를 하기 위해 이런 짓을 벌이고 있는 거니까.

다들 알고 있는 나래가 아닌……. 나만이 알고 있는 나래에게 말이야.

그래서 나는 말했다.

"그런데, 야. 내가 어렸을 때부터 쓰레기 같은 녀석이긴 했는데 말이야. 그건 너도 마찬가지 아니었냐?"

그 말에 나래의 눈동자가 흔들렸다.

"무, 무슨 소리야?!"

"알면서 왜 그래? 이미 다 들켰으니까 그만해도 돼. 그래 봤자 의미 없으니까."

"도대체 무슨 소리냐고?!"

그 목소리에 힘이 실리지 않아 있기에, 나는 무시하고 몸을 더욱 숙여 나래의 귓가에 입을 가져다 대고 속삭이듯 말했다.

"정말 몰라서 그래? 내가 정말 모를 것 같아? 네 방을 보고서도 내가 모를 것 같았냐고."

움찔거리는 나래의 귀에 독을 흘려 넣는다.

"네가 답지 않게 착한 척 하고 있었다는걸."

그 말이 기폭제가 되었을까.

시작은 박치기였다. 내가 고개를 들자마자 놓치지 않겠다는 듯이 허리를 들어 올리며 내 이마에 머리를 박았다. 머리가 울리는 충격에 잠시 힘이 빠져나간 사이에 나래는 오른손을 풀어 그대로 내 얼굴에 주먹을 날렸다. 나는 비명도 못 지르며 방바닥을 구르며 뒹굴었다.

"애들은 싸우면서 크는 거지요."

세희의 헛소리를 무시하며 어떻게든 정신을 차리려고 하지만 세상이 흔들려서 제대로 설 수도 없었다. 그런 내게 나래의 발길질이 날아왔다. 어떻게 손으로 막아 봤지만 그대로 가드를 뚫고 턱을 날린다. 몸을 타고 들리는, 몇 번이나 들었을지 모를 뼈 부러지는 소리가 참 정답다는 생각을 하면서 뒤로 넘어졌다.

그런 내 위에 나래가 올라탔다.

조금 아래로 내려가 앉아 주었으면 하는 생각이 들지만 안타깝게도 내 가슴팍에 앉아서는 두 무릎으로 내 팔을 짓누르고 있다.

내 두 팔은 완벽하게 구속당했는데 나래의 두 팔은 성난 야생마처럼 날뛰기 시작했다.

오랜만에 나래한테 제대로 맞아 보는구만!!

물론 계속 맞아 줄 생각은 없다. 나는 있는 힘을 다해 그대로 일어났다. 나래도 쉽사리 지금의 우위를 놓아줄 생각이 없는지 있는 힘껏 버텼지만, 난 세희표 요술의 도움을 받고 있다. 나래가 내 몸 위에 올라탄 자세 그대로 들어 버린다.

떨어지지 않기 위해 나래가 두 다리로 내 가슴을 조이며 한 손으로 어깨를 붙잡고 손을 들어 그대로 내 머리를 내려친다. 그 전에 나는 고개를 앞으로 숙여 나래의 가슴 아래로 피하며 그대로 침대 위로 엎어지는 데 성공했다.

침대가 부서질 것 같은 소리를 냈지만, 역시 부잣집이라는 건가. 튼튼하군!

나는 그대로 나래의 팔을 두 손으로 잡고서 누른다.

“아아아아아아아아악!!!”

나래가 있는 힘껏 날뛴다. 한 번은 버텼던 침대도 두 번은 안 된다는 듯 그대로 주저앉아 버린다. 그럼에도 나는 놓지 않았다.

놓을 수 없다.

맞는 건 아프다고!

"놔! 놓으라고! 죽여 버릴 거야! 죽여 버릴 거야, 강성훈!!"

아, 젠장! 사과하기 더럽게 어렵네!

"네가 뭘 알아! 네가 뭘 아냐고! 이 망할 새꺄! 이 변태 새끼가! 여자만 보면 발정 나서 덤비는 개자식이! 내가 내 마음을 왜 숨기고 있었는지 알고나 있냐고!"

질문에 답한다.

"당연히 모르지! 내가 알 리가 있냐! 말도 안 해 주는데!"

토해 내듯 답한다.

"물론 아는 것도 있어! 네가 화가 나면 아랫입술을 깨문다거나! 팔짱을 낀다거나! 무섭게 노려본다거나! 뭐, 이런 거는 당연히 알지! 분위기 자체가 달라지니까! 하지만 그것 말고 내가 어떻게 아냐고?! 솔직히 말해서 네가 나한테 제대로 된 어필이나 한 적 있어? 없잖아! 그러면서 무슨 자기 마음을 알아달라는 거야?! 내가 너한테 지금까지 고백 못 했던 것도 어떻게 보면 네 책임이잖아! 랑이하고 만나기 전까지는 맨날 차갑게 대하고! 다른 애들하고 놀러 가기 바쁘고! 우리 집에 놀러 오지도 않고! 조금 친해졌다 싶으면 거리를 둔 게 도대체 누군데! 그러면서 나보고 도대체 뭘 어쩌라는 거야?!"

나래가 입을 열려고 했다.

"아직 내 말 다 안 끝났어! 내 이야기를 들어! 나도 너만큼이나 쌓인 게 많으니까! 내가 맨날 너한테 맞고 사니까 우습게 보였지? 응? 그래도 좋다고 꼬리 흔들면서 눈치 살피고 그러니까 내가 호구로 보였지?!"

"나는!"

나래가 외쳤다.

"나는 좋아서 때린 줄 알아?!"

진심을 다해 외쳤다.

"약속했잖아! 네가 말했잖아! 네가 나한테 부탁한 거잖아! 네가 나한테 시킨 거잖아! 네가 바란 거잖아! 자기는 뭐가 나쁘고 뭐가 좋은 건지 잘 모르니까! 내가 봐서 나쁜 짓이면 때려서 고쳐 달라고! 싫다는 나한테 억지로 부탁했잖아!!"

그건 옛날의 기억.

내가 그 손을 잡았을 때, 나래에게 부탁했었던 일. 짐승같이 살았던 나를 인간으로 만들어 달라고, 나래의 손에 억지로 쥐어 주었던 채찍.

나래는 내가 잘못을 했을 때만 채찍을 휘둘렀고, 그렇기에 나는 나래에게 반항하지 않았다.

그것 역시 하나의 약속이었으니까.

그 사실을 떠올린 내 입이 제멋대로 움직였다.

"아, 그랬지."

한 대 쥐어 맞았다. 성대하게 맞아서 공중을 360도 회전을 하며 날아가 벽에 부딪쳤다. 운이 좋게 선반 위의 인형이 쿠션이 되어 줘서 그렇게 많이 다치지는 않았다.

"……까먹었다, 이거지?"

지금부터 크게 다칠 예정인 것 같네.

"자기가 시켜 놓고 지금까지 까먹었다 이거지!"

나는 칼날이 박힌 너클로 갈아 끼우는 나래를 보면서 일어날 생각도 못 하고 엉덩이를 땅에 붙인 채로 최대한 신속하게 뒤로 물러나며 두 손을 휘두르면서 말했다.

"잠깐, 잠깐! 그때 일을 까먹은 건 아니야! 그냥 내가 말을 잘못했다는 뜻이었지! 그동안 맞고 지낸 게 쌓여서 나도 모르게 이런 상황에서 말하지 말아야 할 걸 말하고 말았다, 라는 뜻이었어!"

절대 이 자리를 벗어나기 위해서 하는 말이 아니다. 진짜라고! 나와 나래 사이에서는 너무나 당연한 일이라서 언급한 적이 없었던 거다! 내가 왜 지금까지 나래한테 맞으면서도 불만 한 번 안 말했는데?!

……만약 말한 적이 있다면, 나도 사람인지라 고통에 이성이 굴복했다고 생각해 주길 바란다.

내 말에서 거짓을 느끼지 못했는지, 나래는 일단 너클을 다시 가슴골 사이에 집어넣었다.

적막이 흐른다. 조금 전까지만 해도 서로를 잡아먹으려고 했던 그 분위기가 한 번의 말실수로 사그라졌다.

나는 머리를 긁적이며 말했다.

"어, 음……. 다시 돌아갈까? 일단 누우면 내가 그 위에 올라탈 테니까."

"……지금 농담이 나와?"

분위기가 사라졌다고 생각한 건 나뿐인 것 같다. 나래의 눈빛에는 분노의 불길이 활활 타오르고 있었으니까.

분명히 모든 것은 계획대로 흘러가고 있는데 나는 왜 잠자는 곰의 코털을 뽑아 버렸다는 생각이 드는 걸까.

"자기 할 말은 다 끝났다 이거지? 응? 성훈아."

나래가 내 앞에 주저앉아서 눈을 맞췄다. 시선을 피하려고 했지만 턱을 잡혀서 다시 제자리로 돌아오고 말았다.

"응, 좋아. 그러면 나도 말해 줄게. 내가 지금까지 얼마나 많이 참아 왔는지, 내가 얼마나 화가 났는지, 네가 얼마나 멍청했는지, 내가 왜 내 마음을 숨기고 있었는지, 네가 알아듣기 쉽게 하나하나 말해 줄게."

그리고 나래가 말했다.

"너 말이야. 네가 나보고 마음을 숨기고 있었다고 하는 거 좀 웃기지 않아? 너야말로 지금까지 나한테 고백도 안 하고 있었잖아. 유치원 때부터 시작하면 너하고 알고 지낸 게 10년이야, 10년. 그것도 소원하게 지낸 적도 없이, 일주일에 한 번씩은 꼭 만나면서 이야기도 하고 전화도 하고 문자도 하고 그런 관계로 10년이라고. 사실 어느 정도는 눈치채고 있었지? 내가 너 좋아하는 거. 아니, 좋아하는 건 아니어도 호감을 가지고 있다는 건. 아니라고 말하지 마. 어떤 여자애가 관심도 없는 남자애한테 먼저 전화 걸고 문자하고 그래? 그러니까 너 같은 겁쟁이가, 변하는 걸 싫어하는 너 같은 겁쟁이가 나한테 고백을 하려고 했지. 그래, 그 고백. 내 참, 웃기지도 않아서. 상식적으로 생각해서 그런 장소에 따로 할 이야기가 있다고 해서 부르는 것 자체가 뭔가 있는 거고, 내가 나갔다는 거에서 이미 다 끝난 거 아니야? 거기다, 솔직히 어떤 여자애가 시골 도착하면 문자 보내라고 하겠어? 바보 아니야? 너도 세희나 세현처럼 이상한 게임만 하다 보니까 여자라면 그런 건 당연히 해야 한다고 생각하게 된 거야? 아니거든? 보통 관심 없는 남자한테 그렇게까지 할 여자애가 세상에 어디 있어? 그리고 서울에 올라와서 연락하라고 한 거. 내 시간 잡아먹은 거 그냥 넘어갈 생각 하지 말라는 거. 그거 내가 돌려서 데이트 신청한 거라는 거, 그때 나한테 고백하라고 자리 마련해 준 거, 눈치 못 챘어? 왜, 내가 너한테 나하고 데이트 좀 해 달라고 말해 줄까? 응? 그렇게 말해야 알아들을 정도로 바보야? 아니라고? 그래. 넌 말해도 모르는 바보니까. 세상에, 도착할 시간이 훨씬 지나도 연락이 없어서 문자를 열세 통이나 보냈는데 아무 반응도 없고. 뭐? 나중에 전화해서 하는 말이 친구라서 걱정한다고? 하도 어이없어서 누가 그런 걸 하냐고 말하니까 나니까 그런다고? 그래, 나니까 그렇지. 내가 아니면 누가 너한테 그런 정성을 쏟겠어? 그런데 내가 왜 그랬을까 생각은 안 해 봤어? 생각해 봤냐고. 그래. 안 했겠지. 보나마나 랑이가 알몸으로 돌아다니니까 헤벌쭉하느라 내 생각 같은 건 할 시간이 없었겠지? 그치? ……아니긴 뭐가 아니야? 그걸 나보고 믿으라는 거야? 그때 내가 휴대폰 너머에서 무슨 소리를 들었는데? 그리고, 와, 그때 생각하면 진짜 어이없어서. 화가 나서 전화를 끊었으면 당연히 네 쪽에서 몇 번이고 전화 걸어야 하는 거 아니야? 그런데 문자로 미안~ 하고 끝이야? 내 살다 살다 그런 일은 처음이야. 미안해? 인제 와 미안하다고 하면 끝이야? 그리고 미안하다는 말 하지 마. 아직 많이 남았으니까. 왜, 이것뿐인 줄 알았어? 너 말이야. 그때 서울에 올라오면 연락하라는 말은 싹 다 까먹었지? 혹시나 해서 신호 찾아서, 알잖아. 아야 때문에 나갔을 때 들킨 거 다 아니까 모르는 척 하지 마. 내가 네 폰에 추적 위치 어플 깔아 놓은 거. 그게 언제 깔렸는지도 모르지? 생각도 안 해 봤지? 내가 그때 너하고 만난 게 단순히 우연인 줄 알았지? 바보야, 세상에 그런 우연이 어디 있어. 너하고 우리 집이 얼마나 멀리 있는데, 내가 우연히 너하고 만났다고 생각한 거야? 하긴, 그럴 수도 있겠다. 어렸을 때부터 내가 네 주위를 계속 맴돌았으니까, 그게 이상하지 않다고 생각할 수도. 아, 지금 중요한 건 그게 아니지? 어쨌든 화나서 가 보니까 넌 랑이하고 장 보고 있더라? 그러고서 들키니까, 뭐? 조금 전에 왔다고? 내가 무서워서 변명했다고? 세상에 자기가 좋아하는 여자애를 무서워하는 남자애가 어디 있어? 내 성격 알잖아. 사실대로 말하면 내가 이해 못 해 줄 것 같았어? 이건 좋아하고 아니고의 문제가 아니라, 10년 동안 같이 지내 온 친구한테 미안한 짓 아니야? 넌 날 그렇게 봐 왔던 거였어? 랑이가 어떤 애인지도 거짓말로 일관하고! 내가 눈치 채니까 그제야 사실대로 말했지? 네가 사실대로 말하면 내가 안 믿어 줄 것 같았어?! 물론, 요괴가 실제로 있다는 말이 허무맹랑하다는 건 알아. 내가 안 믿어 줄 거라고 생각할 수도 있지. 하지만 내가 네 말을 안 믿어 줄 거라고 제멋대로 생각하고! 거짓말하고! 그런 게 짜증 났다고! 그런 게 한두 번도 아니고! 아니, 그 전에! 내가 바보인 줄 알아? 랑이하고 둘이서 소곤거리면서 이런저런 이야길 하는데, 내가 너희 둘이서 말을 맞췄다는 걸 모를 리가 없잖아? 그래도 뭔가 사정이 있을 거라고 이해해 주려고 하니까, 하, 랑이하고 세희하고 같이 살겠다고? 와, 진짜! 내가 그때 생각하면 지금도 화가 나! 일부러 아저씨를 아버님이라고 부르면서 나 지금 질투하고 있다고, 짜증 내고 있다고 말했는데 그것도 눈치 못 채고! 세상에 누가 친구 아버지를 아버님이라고 부르는데? 응? 아저씨라고 부르지! 그리고 내가 말했지! 나도 너희 집에서 잘 거라고. 억지 부려 가면서, 말도 안 되는 이유 붙이면서 너희 집에서 잘 거라고! 얼마나 더 티를 내야 하는데? 이게 다인 줄 알아? 세희가 너하고 자기가 신혼부부 같다고 말하니까 내가 질투 나서 부엌 들어가서 요리한 거 알아, 몰라? 알지? 그런데 너는 그동안 랑이하고 놀기나 하고! 그게 끝이면 이런 말도 안 해. 내가 해 준 요리를 말이야. 랑이를 무릎 위에 올려놓고 먹여 줘? 내가 진짜 그거 보고 피가 거꾸로 솟아서 밥상 뒤집으려다가 랑이가 무지 귀여워서 참았어! 진짜! 내가 그것 때문에 화나서 나중에 지리산 가서 똑같이 한 건 알아? 그런데 내가 부끄러워서 이것저것 핑계 대면서까지 애교 부리는데 하는 말이, 뭐? 신체 공학적으로 무리? 신체 공학적으로 무리이이이? 왜! 나중에 랑이하고 할 때도 신체 공학적으로 무리라고 하지그래? 다시 돌아와서. 너. 내가 네 방에서 잔다고 한 거. 보통 여자애들이 그런 말 하겠냐고. 자기가 좋아하는 남자애가 아니면 그런 말 하겠냔 말이야. 당연히 안 해! 여자애 마음을 좀 알아줘야 하는 거 아니야? 아무리 너는 밖에서 자라고 해도 말이야. 남자애가 살던 방에 들어가서 자겠다고 하는 말이 얼마나 여자애한테 있어서 큰 어필인지 몰라? 그래. 모를 수도 있지. 성훈이니까. 너니까. 그래서 일부러 옷 갈아입는다고 말했잖아. 문 안 잠근다고. 보고 죽으라고. **그럼 봐! 내가 보고 죽으라고 했잖아! 그러면 보라고! 보고 혼나면 되잖아!** 내가 진짜 널 죽이겠어?! 거기서 돌아가? 옷 갈아입는 거 이야기하니까 생각났는데, 내가 갈아입은 옷! 내가 여름 내내 입고 있던 그 옷! 너한테 잘 보이려고 입었다는 거 몰랐지? 그래, 모를 것 같았어. ……어떻게 그런 거도 몰라?! 네가 맨날 내 가슴만 보니까! 너 좋아하라고 입어 준 거잖아! 아무리 봐도 그렇잖아! 내가 평소에 그런 옷 입고 돌아다니는 거 봤어? 그런데 여자라면 다 좋아서! 세희가 옷 벗고 나오니까 아주 눈 돌아가더라? 응? 그래. 그때도 그래. 내가 너한테 다른 여자애 알몸 같은 거 함부로 보지 말라고 그랬지? 그러면 당연히, 혹시 나래가…… 같은 생각 하고 반응이라도 좀 보여야 하는 거 아니야? 신경도 안 쓰더라? 그러면서 랑이가 같이 놀이공원 놀러 가자는 건 신경 쓰더라? 그래서 네 건강 생각하는 도시락도 싸고, 일부러 자식 계획 같은 말도 하고 그랬는데! 세희가 끼어드니까 아무 일도 아닌 것처럼 은근슬쩍 넘기기나 하고! 너무한 거 아니야? 너무한 게 그게 끝인 줄 알아? 랑이가 위험해졌을 때. 지리산으로 갔을 때 네가 또 얼빠진 생각 하는 게 눈에 보여서 등 밀어 줬더니……. 세상에. 다음 날 전화를 해? 나중에 물어보니까 네가 그날 정신 못 차린 것도 아니고. 밤에 깼다면서? 왜 그때 전화 안 했어? 내가 그때 얼마나 마음 졸이면서 네 연락 기다렸는지 알아? 내가 너한테 전화 올 때까지 한숨도 못 잤어! 그래. 전화, 전화 하니까 또 짜증나네. 내가 네가 전화나 문자 할 때마다 바로바로 반응 보이는 거 보면 뭐 이상하지 않아? 내가 네 연락 기다리고 있다는 생각은 들지도 않아? 내가 목욕할 때도 폰은 들고 가! 폰도 일부러 방수 폰으로 산다고! 내가 화가 나서 무시한 적은 있어도 네 연락을 나중에 아는 경우는 없었다고! 그러면 좀 눈치 좀 채 달란 말이야! 그런 사고방식 자체를 기대하면 안 되는 거야? 너, 나 좋아하는 거 맞아? 나, 열심히 성격 고치다 보니 부끄러움도 잘 타게 된 거 너도 알지? 그런데 내가 지리산에 내려갔을 때, 내가 어떻게 했어? 아무리 너하고 랑이를 위해서라도 보통 여자애가 그런 짓까지 할 것 같아? 어떻게든 다른 방법을 찾아보려고 하겠지! 상식적으로 생각해서 말이야. 아무리 소꿉친구라고 해도 그런 짓은 안 해! 맨날 자기 좋다는 랑이하고 있다 보니까 보통 여자애가 그런 거에 대해서 얼마나 심각하게 생각하는지 모르지? 누가 사귀지도 않는 남자애한테 그런 짓까지 하냐고! 완전 싸 보이는 짓이잖아! 그래, 너는 그럴 수도 있겠다. 옆에 있는 애들이 다 너한테 그런 식으로 했으니까! 내가 이상한 것처럼 생각될 정도로! 정미 누나는 정미 누나대로 너한테 꽂혀서 섹시 어필이나 하고 있고! 너는 거기에 홀딱 넘어가고! 그때 뭐라고 했더라? 그래. 사춘기 소년으로서 어쩔 수 없는 신체의 반응으로 반사적으로 일어난 현상이라고 했었나? 웃겨서, 정말! 말이 되는 소리를 해! 그리고 그 비디오 찍을 때. 내가 왜 기분 나쁘다고 말했는지 조금도 눈치 못 챈 것 같더라? 그런 거 당연히 기분 나빠 해야 하는 거 아니야? 좋아하는 사람하고 알콩달콩하게 지내는 거, 그런 걸 찍어서 다른 사람한테 보여 주는 거 당연히 기분 나쁘잖아! 그런 건 우리 둘만의 시간이어야 하는데! 우리가 무슨 야동 배우야?! 그런데 넌 그때도 랑이 생각만 했지? 내 기분 같은 건 생각도 안 했지? 아니, 아니야. 넌 그냥 아무 여자하고나 그런 짓 했으면 좋겠다고 생각하고 있었을 게 틀림없어. 안 그랬으면 그때 아무런 말도 안 했을 리가 없으니까. 아니면, 그건가? 그때부터 나를 좋아하는 여자애로 의식을 안 한 걸지도 모르겠다. 응. 그게 더 그럴싸하네. 그때는 랑이한테 고백도 했었고! 치이하고도 좋은 관계가 됐었으니까! 그러니까 단순히 웅녀님이 랑이한테 신경 끊을 수 있는 좋은 기회라고만 생각했겠지! 그때부터 나는 너한테 있어서 그저 친한 친구였을 테니까! 그러면서 나한테 한 말이 랑이가 귀여워서라고? 절대로 다른 사심 같은 건 하나도 없다고? 그러면서 네가 한 짓 기억하고 있어? 랑이한테 온갖 스킨십이라는 스킨십은 다 했던 거? 내가 그때 얼마나 질투 나고 화도 났는지 알아? 상황이 그러니까 이해는 했지만, 그래도 너무하잖아! 나한테 말 한 마디 해 주는 게 그렇게 힘들었어? 아니면 눈치라도 주는 게 그렇게 무리였어? 나는 너를 좋아한다고 표현하는 게 그렇게 힘들었냐고! 눈만 돌리면 랑이, 랑이! 나도 봤다고? 그래, 그랬겠지! 네 소꿉친구인 서나래 양도 보셨겠지! 하지만 빈도의 차이는 있잖아? 안 그래? 랑이를 한 열 번 보면 나는 세 번 정도 봤겠지. 왜 그렇게 말하냐고? 나는 너만 봤으니까! 너만 봤다고! 하루 종일, 네가 어디에 있나 보고! 네가 날 신경 쓰고 있으면 단순히 그게 정말정말 좋아서 가슴이 두근거리고! 행복했단 말이야! 그런데, 그걸 알고서 기껏 한다는 말이……. 자기는 나하고 랑이, 둘 다 좋아한다고? 둘 다 나하고 결혼하자고? **이 미친놈! 이 미친 새끼!** 그게 나한테 할 말이야? 그게 할 말이냐고! 그게 10년 동안 자기를 좋아했던 여자애한테 할 말이냐고! 너무하잖아! 차라리 차 버리면 말을 안 해! 둘 다 좋아하니까 둘 다 사귀고 싶다, 아니, 결혼하고 싶다는 말이 미친 소리가 아니면 뭐가 미친 거겠어?! 넌 도대체 좋아한다는 감정을 뭐라고 생각하는 거야? 그걸 그렇게 쉽게 말해도 된다고 생각하는 거야? 그러고 보니까 그랬지? 보충 수업 이야기 했을 때, 아무렇지 않게 보충 수업 이야기를 한 걸 내가 널 만나러 온 거에 대한 핑계라고 말했잖아. 그리고 아무렇지 않게 내가 널 좋아한다고 말했고. 그게 얼마나 짜증 났는지 알아? 나는 정말 미칠 것 같은데. 널 좋아해서 내 거로 하고 싶어서 죽겠는데! 지금 당장이라도 내 거로 하고 싶은데! 거기다 바로 어제 그런 일이 있었는데! 하룻밤이 지났다고 다 까먹은 것처럼 그런 말을 아무렇지 않게 하는 네 무신경함에 내가 얼마나 미칠 것 같았는지 네가 아냐고?! 물론 그때 이미 미쳐 있었던 것 같지만! 널 잃고 싶지 않으니까, 그래도 네 곁에 있고 싶으니까, 결론을 뒤로 미루고 일단 네 곁에 있기로 생각했던 내가 제일 미친년이지! 더 웃긴 건 뭔지 알아? 이게 끝이 아니라는 거야! 난 그때 어떻게 해서든 너를 다시 나만 바라보게 만들 생각이었어. 세희야 네 관심 밖이고, 정미 누나는 너를 귀여운 장난감 보듯이 가지고 싶어 하는 거였고 나한테 죄책감도 있으니까, 랑이에게서 내 쪽으로 관심만 돌리면 된다고 생각했어. 그런데 다른 아이들도 널 좋아하더라? 그래. 치이하고 페이 말이야. 둘 다 너무 귀엽더라. 너무 귀여워서…… 문제였지. 여자로서 미워할 수도 없으니까. 알아. 네가 아직 치이하고 페이를 여자애로 보지 않는다는 건. 하지만 말이야, 성훈아. 너는 이미 전적이 있잖아? 랑이라는 전적이 말이야. 너도 처음부터 랑이를 여자로서 좋아한 게 아니잖아. 그런데 내가 훤히 보고 있는데도 며칠 헤어진다고 뽀뽀하는 닭살 커플로 변했다고! 그때 생각하니까 또 화나네. 너, 서울 올라올 때 기억 나? 오랜만에 둘이서 차 안에 있었던 때 말이야. 그때 네가 나한테 어쨌는지 알아? 모르지! 모르겠지! 아무 기억 안 나겠지! 넌 계속 량이 생각하느라 거의 아무 말도 안 했으니까! 결국에는 꾸벅꾸벅 졸기만 하고 말이야! 도대체 무슨 사람이 그래? 왜! 나하고 있으면 졸리다는 거야? 할 게 없다는 거야? 심심하다는 거야? 그러면서 어깨에는 왜 기대는 건데?! 기대해 버렸잖아! 자는 척 하고 은근슬쩍 작업 거는 줄 알았잖아! 그런데 진짜 자더라? 내가 진짜 황당해서 말이 안 나왔어! 하지만 그것도 별거 아니지. 너, 집에 들어갈 때 나한테 뭐라고 했어? 자고 가라고 했지? **어떻게 그런 말이 그렇게 쉽게 나와?!** 아니, 그런 말을 하려면 적어도 좀 단계가 있어야 하는 거 아니야? 서울 왔으니까 같이 카페라도 가서 이야기라도 한다거나! 어디 놀러 간다거나! 같이 저녁이라도 먹는다거나! 그런 다음에 나와야 하는 말 아니야? 그래야 나도 좀 못 이기는 척 하면서 넘어가 주지! 그런데 다짜고짜 하는 말이 같이 사사고? 같이 씻사고?너한테 웃긴 소리 들은 게 바로 전날이고! 내가 화 아직 안 풀렸다고 눈치 준 게 그날 지리산에서의 일이었어! 그런데 그런 말이 나오는 게 말이나 돼? 넌 도대체 나를 뭐라고 생각하는 거야? 내가 널 좋아한다고 하니까, 왜! 하반신이 욱신욱신하기라도 했어? 널 좋아하니까 그런 짓까지 아무렇지 않게 할 것 같았어? 내가 너처럼 아무 생각 없이 사는 사람 같아? 좋아하는 성훈이가 날 꼬셨으니 바로 다리를 벌려야겠다, 라고 생각할 줄 알았냐고! 그래! 나도 그런 거 관심 많아! 사실대로 말하면, **나도 너하고 하고 싶어!** 하지만 순서라는 게 있잖아! 그 과정이라는 게 중요한 거 아니야? 세상에 어떤 여자가 너같이 구는 남자한테 허락하냐고! ……입 닥쳐! 아직 할 말 많아! 너보다 내가 더 쌓인 거 많으니까! 그래, 엄청 많지. 너, 우리가 학교에서 어떻게 보이는 줄 알아? 이미 선생님 공인 커플이야, 커플. 반 아이들은 이미 우리가 갈 데까지 갔다고 생각하고 있고. 넌 내가 왜 학생회에 들어갔는지, 귀찮은 반장까지 하고 있는지 모르지? 그냥 내가 들어가고 싶어서 들어갔다고 생각하지? 아니, 생각도 한 적 없지? 너, 학교에서 불순 이성 교제가 금지인 건 알아? 그런데 그런 식으로 소문이 났는데 지금까지 별다른 소리 안 듣고 지낸 게 이상하지 않아? 해 봤자 정현 선생님이 놀리는 것밖에 없었잖아. 그거, 나 때문이라는 거 모르지? 놀라지 마. 너무 예상대로니까. 넌 당연히 모르겠지. 네가 모르도록 했으니까. 회장이 이사장이라는 거 들었지? 학생회 들어가서 잡무 도와주면서 선생님들이 나하고 너한테 뭐라고 하지 못하도록 해 달라고 부탁한 거야. 말할 생각도 없어. 몰라도 된다고 생각하고 있어. 그런데 네가 말하라고 했으니까 말해야겠네. 그런 표정 짓지 마! 아직 할 말 많이 남아 있으니까! 내가 보충수업 때 싸 온 도시락. 너하고 같이 먹으려고 직접 싼 거라는 건 알고 있어? 그 바보 같은 세현도 눈치챘는데 너는 끝까지 모르더라? 치이가 도시락 싸 줬으니까 내 도시락 같은 건 상관없다는 거지? 너는 그런 애니까. 상대가 누구든 관심만 받으면 좋은 애니까! 그러니까 폐이한테도 호감을 사기 위해 열심히 했겠지. 아니라고 하지 마. 아니라고 하지 말라고! 내가 모를 것 같아? 난 너에 대한 모든 걸 알아! 내가 모르는 건 없어! 네가 무슨 생각을 하고 있는지! 네가 왜 그렇게 행동했는지 다 안단 말이야! 그러니까 이해해 줘어. 그러니까 넘어가 줘어. 네가 폐이를 위해서 하는 일을 아빠한테 손을 빌리면서도 도와줬어! 맞아. 나는 착하고 상냥하기 때문에 그런 일도 할 수 있어. 하지만 그게 다가 아니야! 내가 왜 그런 일을 했는지, 백화점을 통째로 사용하는 게 얼마나 금전적인 손해가 일어나는지 알면서도 그런 짓을 왜 했는지에 대해서 너는 생각도 안 했잖아! 했어도 폐이를 위해서! 나를 위해서! 거기서 끝났겠지! 다른 애들한테는 그렇게 속마음을 알아내려고 열심이면서 나한테는 왜 안 그러는 거야? 응? 성훈아. 나, 지금 화내는 거 아니니까 말해 봐. ……아, 그런 이유였어? 그게 지금 말이 된다고 생각해? 이해하고 있다고 생각했어요? 네가? 나를? 재밌는 말이네. 이해하고 있다면서 그래? 이해라는 건, 내가 너한테 한 걸 말하는 거야. 그건 이해가 아니야. 그냥 자기 생각일 뿐이지. 자신의 생각을 기반으로 남을 판단한 거지. 이해라는 건, 그래. 우리가 냥이의 요술 속에 있었을 때. 내가 양호실에서 네가 아무 말도 안 해 주는 걸 넘어가 준 것 같은 거나, 네가 겨우 속내를 말해 줬을 때 네 선택을 인정해 준 걸 말하는 거야. 자기 안에서 판단해서 그걸 상대방의 마음이라고 믿고 넘어가는 게 아니라! 아, 물론 그때 화가 나서 때린 건 지금도 미안하게 생각하고 있어. 옛날에 한 약속이 있다고는 해도 나도 도가 지나쳤으니까. 그런데 그때 내가 어떤 생각이 들었는지 알아? 그때까지도 넌 계속 나한테 중요한 건 숨기고 말 안 하고 상담도 잘 안 하려고 하고 그랬잖아? 나한테 미움받는 게 싫다고, 무섭다고, 걱정 끼치기 싫다고, 이런저런 이유로. 그런데 그거, 내 입장에서 생각해 봤어? 성훈아. 나는 네가 정말 나쁜 아이일 때부터 알고 지내 왔어. 아니, 너에 대한 내 첫인상은 최악 중의 최악이었어. 알잖아. 너도 그랬으니까. 그런데 인제 와서 좋은 면만 보이고 싶다고, 날 걱정하는 척 하면서 자신의 좋은 면만 포장해서 보여 주려는 널 보면 내가 어떻게 생각할 것 같아? 다른 생각 드는 게 당연한 거 아니야? 생각해 보면 웃기지 않아? 누가 자기한테 손을 대는 여자애를 좋아해 주겠어? 폭력이잖아. 아프잖아. 그래도 나는 했어. 네가 원했으니까. 네가 나한테 그런 걸 원했으니까! 남들이 보기에 폭력적인 사람으로 보이는 걸 각오하고! 랑이한테 왜 그렇게 너한테 손을 대냐는 소리를 들어도! 계속해서, 계속해서! 네가 해서는 안 되는 일을 하면 해 왔다고! 네가 하는 행동이 질투 나서 과했다는 건 알아! 변명은 안 하겠어. 네가 날 싫어하게 돼도 이상하지 않을 정도로 했다는 걸 아니까. 하지만 성훈

아. 난 그래도 네가 날 싫어하지 않을 거라는 걸 알고서 그랬어. 네가 나한테 부탁한 거고, 그건 우리의 약속이니까. 그래서 나는 너를 믿고 있었어. 그런데 네 눈에는 내가 그런 사람으로 보였어? 네 병신 같은 고백에도 남아 줬던 내가, 겨우 그런 일로 떠날 사람처럼 보였냐고. ……아니야? 응. 알아. 아니라는 거 나도 알아. 하지만 말 안 했잖아? 너도 나한테 말 안 했잖아? 그래서 내가 무슨 생각까지 했는 줄 알아? 네가 단순히 내 몸만 보고 날 좋아하는 게 아닐까 싶은 생각까지 들었어. 즐길 거 다 즐기면 버리려고 옆에 두고 있는 거 아닐까, 하는 생각까지 들었다고! 아니라는 거 아니까 입 다물어! 정말 그랬으면 예전에 끝났을 테니까! 내 손으로 죽여 버렸을 테니까! 하지만 어쩔 수 없잖아! 나는 그런 사람이 아닌데! 네가 자꾸 그렇게 대하니까 그런 생각밖에 안 들잖아! 머리로는 이해해도 불안해지는 건 어쩔 수 없는 거잖아! 그래도 참았어! 나는 널 아니까! 누구보다도 잘 아니까! 네 눈빛만 봐도 무슨 생각을 하는지 알 수 있으니까! 10년이 넘게 알고 지냈고 어떻게 자라 왔는지 옆에서 계속 지켜봤으니까! 그러니까 네가 아야의 일로 랑이를 추궁했을 때 달래 줄 수도 있었던 거고! 그런데 너는 아닌 것 같잖아. 너무 아닌 것 같잖아! 우린 서로를 누구보다도 가장 잘 아는 사람 아니었어? 어렸을 때, 내가 돈 가지고 널 비참하게 만들었던 적도 있었지? 네가 맨날 돈 없어서 부모님이 바쁘다고, 그래서 나는 나쁜 짓 하고 다녀도 된다는 것처럼 지내니까, 내가 돈 가지고

못되게 군 적 있잖아. 그래서 네가 나를 때리기도 했고, 내가 아끼던 인형을 버리기도 했고, 리본을 잘라 버리기도 했고. 그렇게 남들한테 말하기 부끄러운 일까지도, 우리 둘은 같이 했잖아. 그 후로 좋은 일은 더 많이 있었고. 내가 너희 집에 놀러 가서 같이 논 것도, 네가 우리 집에 와서 논 것도, 같이 밥을 먹은 것도, 소꿉놀이를 한 것도, 수영을 한 것도, 같이 씻은 것도, 의사 놀이를 한 것도, 같이 노래방도 갔고, 쇼핑하는 데 같이 가고, 수많은 일을 같이 했잖아. 그런데 왜 몰라? 왜 나를 몰라? 넌 도대체 내 어떤 면을 봐 온 거야? 나를 어떻게 생각해 온 거야? 내가 어떤 여자라고, 내가 어떤 사람이라고 생각하고 있었던 거야? 아니, 됐어. 솔직히 말이야. 네가 날 이해할 수 있을 거라는 생각은 이제 하지를 않아. 이런 이야기를 한다고 해서 네가 내 마음을 조금이라도 알아줄 수 있을 거라는 기대조차도 안 해. 내가 이런 이야기를 하는 건 단순한 이유 하나뿐이야. 그래. 내 마음을 정리하려고 그래. 난 아직 너에 대한 마음이 정리가 안 됐거든. 웃기지? 웃어도 돼. 웃어 줬으면 해. 난 아직도 널 사랑해. 널 좋아해. 하지만 그래서? 그래서 뭐 어쩌라는 거야? 나하고 넌 안 맞아. 맞을 수 없어. 넌 랑이를 좋아하고, 치이를 좋아하고, 페이를 좋아하고, 아야를 좋아하고 성의를 좋아하는걸. 나는 나를, 서나래만을 좋아하는 남자를 원해. 나만을 좋아하고, 나만을 신경 써 주는 남자를 원해. 하지만 너는 아니잖아? 네가 신경 써야 하는 건 나뿐만이 아니잖아? 나만을 좋아할 수 없잖아? 나는 그걸 견딜 수 없어. 내가 너만을 바라보듯 너에게도 내가 전부였으면 좋겠어. 나만 바라봐줬으면 좋겠어. 그때 랑이가 운 것 때문에 타협한 게 잘못일지도 모르겠어. 그래. 우리는 그때 끝냈어야 했어. 그때, 어떻게든 결론을 내야만 했어. 하지만 그러지 못했지. 그런 얼굴 하지 마. 나는 네가 잘못했다고 말하는 게 아니니까. 말했잖아? 나도 그때는 미친년이었다고. 그건 나한테도 잘못이 있는 거였어. 그러니까, 그런 표정 짓지 마. 슬퍼하지 마. 너 혼자 끌어안으려고 하지 마. 나도 잘못한 거니까. 하지만 말이야, 성훈아. 너, 정말 몰랐던 거야? 내가 그 말을 하기 전까지, 정말 몰랐었어? 내가 무슨 생각으로 네 곁에 있었는지 몰랐어? 내가 왜 말을 못 했는지 정말 몰랐어? 성훈아. 네가 말했지? 왜 나한테 말을 안 했냐고. 그래. 나는 말을 못 했어. 말을 할 수 없었어. 그거 알아? 네가 지금의 상황에 얼마나 만족하고 있는지, 얼마나 행복해하고 있는지. 너는 몰랐을지 몰라도 나는 알았어. 계속 쭉 지켜보고 있었으니까. 랑이, 치이, 폐이, 아야, 세희, 냥이, 바둑이. 다들 지켜보면서 네가 얼마나 지금의 상황에 만족하고 있는지 알 수 있었는걸. 네가 바라던 가정이 만들어진 걸 알 수 있었는걸. 부정하지 마. 아니라고 하지 마. 나는 그 안에 없어도 되는 사람이었다는 걸, 아니라고 하지 마. 나는 알고 있다고. 바보야, 내가 모를 줄 알아? 너는 뭐라고 해도 결국 자기가 사랑받을 수 있다면 모든 게 상관 없는 애정 결핍증 환자야. 왜 그렇게 잘 아냐고? 나도 그러니까. 아버지의 사랑을 독차지하고 싶었고, 아버지 대신에 너한테 관심을 돌렸던 바보니까. 너는 나야. 나의 또 다른 모습이라고. 다른 게 있다면 단 하나. 나는 너한테 집착했고, 너는 나를 대신할 게 생겼다는 거야. 이제 너는 성격 나쁘고 질투심 많고 폭력 휘두르는 소꿉친구에게 그만 집착하고 너만을 좋아해 주는 귀여운 아이들에게 가서 행복하게 살면 돼."

나래가 말했다.

"그러니까, 이제 더 이상 나에 대해 간섭하지 마."

나는.

웃었다.

미친 듯이 웃었다. 정말로, 정말로 머리에 나사가 하나 빠진 녀석처럼 웃었다.

"뭐, 뭐야?! 뭐가 그렇게 웃긴데?! 뭐가 그렇게 웃기냐고! 내 말이 뭐가 웃겨!"

나래가 화를 내는 소리를 들으면서도 나는 웃음을 참을 수 없었다. 너무 웃어서 배가 아플 정도로, 눈물이 날 정도로 나는 웃었다.

"됐어!"

내가 웃음을 멈춘 것은, 화가 난 나래가 나를 지나쳐 방에서 나가려고 할 때였다.

나는 나래의 손을 잡았다.

"놔!"

화를 내며 날 그대로 벽에 던져 버릴 것같이 힘을 주는 나래에게 완력으로 버틴다.

나는 말했다.

"말해 줘서."

나는 계속해서 말했다.

"이제야 말해 줘서."

나래가 내 말을 무시한다 해도 나는 말했다.

"네 마음을 말해 줘서."

나래의 말대로다. 나는 나래와 어렸을 때부터 알고 지내 왔다. 그 약속을 하기 전부터, 계속해서 알고 지내 왔다.

그렇기에 나는 안다. 나래가 **원래 어떤 아이였는지**. 나래가 얼마나 독점욕이 강한 아이인지. 나래가 얼마나 집착이 강한 아이인지.

그리고 지금까지 나래를 봐 왔던 사람이라면 누구나 알 수 있을 것이다. 나래가 그런 모습을 보인 적이 없다는 것을.

이상하게 생각하지 않았어?

어렸을 때의 모습으로 변했을 때는 나에게 달라붙어 나를 자신만의 것이라고 말했던 나래가.

곰의 일족은 자신의 배우자에게 집착이 장난 아니라고 했던 세희의 말과는 다른, 나래의 새침스러운 태도가.

웅녀가 했던, 자신의 아이들이 솔직하지 못하다는 말이.

내가 나래의 방을 보고 그다지 당황하지 않았다는 걸.

나래는 내게 말했다. 좋은 점 나쁜 점 다 아는 사이 아니었냐고. 뭘 그렇게 숨기냐고.

그 말은 나의 것이기도 하다.

지금 들었지? 나래가 속 안에 얼마나 많은 말을 담아 두고 있었는지. 한 마디, 단 한 마디를 꺼내지 못하고 지금까지 참아 오며, 나를 속여 왔다는 말이다.

옛날의 나래와는 다른 성격이 되었다는 듯이.

왜냐고?

간단하다.

나래는 내가 어떤 아이인 줄 안다. 내가 무엇을 원하는지 안다. 나는 따스한 가정을 바랐고, 사랑받기를 원했다. 그것을 자신의 바람 때문에 망치고 싶지 않았던 거다. 자신의 꿈을 이루는 나를 방해하고 싶지 않았던 거다.

상냥하니까. 나래는 너무나도 상냥하니까.

자신의 마음을 숨기면서도 친구인 나를 응원할 정도로 상냥하니까.

나는 그 상냥함이 보답받기를 원한다. 물론, 주체는 나다. 다른 놈팡이 같은 남자는 절대 안 돼.

그러니까 나는 첫발을 내딛는다.

"그래서, 나보고, 어쩌라고?"

분노는 사람을 강하게 만듭니다.

나는 나래가 잡아당기는 힘에 이기지 못하고 그대로 끌려가 버렸고, 그대로 안면이 함몰된 채로 벽에 날아가 박혔다. 평소와 다른 게 있다면 여기서 정신을 잃거나, 두 손을 싹싹 빌거나 그랬겠지만 지금은 다르다. 일단 살아남아야 하니까. 나는 벽에서 튀쳐나오며 몸을 앞으로 숙였다. 바로 내 머리 위로 나래의 주먹이 날아가 콘크리트 벽을 박살 냈다.

"오늘 너 죽고 나 죽는 줄 알아!!"

나래가 주먹을 뻗을 때마다 벽이 파이고 집이 울린다. 바닥이 흔들리는 바람에 중심을 잃는 순간. 나래가 진각을 밟듯이 나를 향해 발을 내려찍었다. 나는 재빨리 몸을 굴러 발길질을 피했다. 나래의 발은 원래 목표인 나 대신 방바닥을 부쉈다.

"우앗?!"

설마 바닥이 무너져 버릴 거라고는 상상도 못 했기에 별다른 대처도 못 하고 그대로 떨어져 버렸다. 다행인 것은 몸이 반사적으로 낙법을 취했다는 거다. 덕분에 충격이 덜했고, 내게 올라타려는 나래를 몸을 굴려 피할 수 있었다.

"칫!"

좋은 기회를 놓쳤다는 듯이 혀를 차는 나래와 달리 나는 거리를 벌리며 일어났다. 휴~ 죽는 줄 알았네. 마운트 자세가 됐으면 농담이 아니라…….

"……."

"……."

"……."

아, 여기 1층이지. 나는 나와 나래를 당황한 눈초리로 바라보다 나서려는 랑이와 성의 누나와 성린에게 말했다.

"부부싸움은 칼로 물 베기니까 끼어들지 마라. 그게 누구든 끼어들면, 나, 진짜 화낸다. 알겠지?"

내 말에 다들 고개를 끄덕였지만 나래만은 달랐다.

"누가 부부야!!"

내 말에 화가 났는지 나래가 자세를 앞으로 숙이며 탄환같이 달려든다. 하지만 내 눈에는 보인다. 몸도 움직인다. 나래가 뻗는 주먹을 몸을 틀어 피한다. 나래가 내 쪽으로 팔을 휘두른다. 나는 팔을 잡아 뒤로 꺾으며 다리를 후리면서 아래로 찍어 내렸다. 그대로 당해 줄 생각은 없는지 왼손으로 바닥을 치며 그 반동으로 몸을 뒤집는다. 이대로 있다가는 내가 당한다! 나는 다리를 있는 힘껏 움직여 바닥을 딛고서 섰다. 그런 내 앞에 나래가 내려오는 것과 동시에 고개를 뒤로 젖힌다. 또 박치기냐!

그렇기에 나는 나래가 박치기를 하기 바로 직전!

고개를 살짝 틀었다.

그렇게 나는 나래와 입을 맞췄다. 잘못했으면 서로의 이가 와장창 날아갈 만한 짓이었지만, 사춘기 소년의 집중력을 우습게 보면 안 되지!

나는 마치 무협지에 나오는 정점 고수처럼 입술이 닿는 순간 최대한 고개를 뒤로 젖히는 것으로 그런 참사를 막았다. 동시에 손을 뒤로 돌려 나래의 뒤통수를 붙잡고 한 손으로는 허리를 끌어안는다.

갑작스러운 키스다.

“싸, 싸우는 건지 아닌지 모르겠느니라.”

“엄마, 저거 키스? 키스 맞지?”

“그래요. 잘 봐 두세요.”

“……이불 깔아 드려야 하겠습니다.”

신경 안 쓸 수가 없네! 신경이 분산되는 바람에 나래가 내 몸을 밀치는 걸 허용하고 말았다. 얼마나 세게 밀었는지 나는 뒤로 몇 번이나 구르고 나서야 일어설 수 있었다.

“퉷!”

다시 본 나래는 침을 뱉고 집과 함께 반파된 수도관에서 나온 흙탕물에 입을 씻고 있었다.

상처 입었다.

“너무하네!”

“뭐가!”

나래의 기세가 지옥에서 기어오른 악마와 같았기에 나는 움찔 몸을 떨고서는 살짝 뒤로 물러나고 말았다.

“지금 자기가 한 짓은 알고서 그런 말 하는 거야?!”

“알지. 아니까 하는 거야.”

나래가 말할 틈을 주지 않는다.

"그래. 네 말대로 그동안 나 때문에 마음고생 많이 한 건 알겠어. 그런데 뭐 어쩌라고?"

나는 외쳤다.

"그래서! 뭐! 어쩌라고!"

목청이 터져라 외쳤다.

"말 안 했잖아! 지금도 말 안 하고 있잖아! 나한테 뭘 바라고 있는지! 내가 어떻게 해 주면 좋겠는지! 네가 나한테 한 마디라도 했어?! 이런 성훈이가 되어 줬으면 좋겠어, 같은 말이라도 한 마디 했냐고! 랑이처럼 너를 사랑해 달라고 말이라도 했냐고! 치이처럼 오빠가 되어 달라고 말했냐고! 폐이처럼 둥지를 틀게 해 달라고 말했어?! 아야처럼 아빠가 되어 달라고 말했냐고! 그러면서 나보고 뭐 어쩌라는 거야!"

"그걸 말해야 알아?! 아니, 전에 한 번 말했잖아!"

나는 빡 쳐서 외쳤다.

"말하긴 뭘 말해!"

나래에게 처음으로 내 쓰레기 같은 마음을 고백했던 때. 나래는 내게 말하지 않았었다.

"내가 어떻게 해 줬으면 좋겠다고 말해 주지는 않았잖아!"

나래도 화가 머리끝까지 치밀어서 외쳤다

"그러면 나보고 지금 너한테 랑이하고 헤어지고 나하고 사귀자고 말했어야 했다는 거야?!"

"그래!"

"히끅?!"

깜짝 놀란 랑이가 딸꾹질을 했다는 것을 알면서도 나래는 멈추지 않았다.

"그걸 내가 어떻게 말해!"

나래가 울면서 외쳤다.

"그러면 네가 날 떠날 텐데!"

나는 화가 나서 소리쳤다.

"그게 찬 사람이 할 말이냐!!"

"찬 거 아니야! 아니라고!"

"그게 찬 게 아니면 뭐가 찬 건데!"

"찬 거 아니란 말이야, 이 바보야!"

"찬 거 맞거든, 이 멍청아!"

"아니라면 아닌 줄 알라고! 누가 남자를 찰 때 키스까지 해 주는데?!"

"랑이! 랑이가 그랬다!"

"으냐앗?!"

"랑이하고 나하고 같아?!"

"뭐가 다른데, 뭐가!"

"아무리 봐도 다르잖아!"

"난 모른다고! 알면 말이라도 좀 해 봐!"

"미묘하게 다르단 말이야!"

"모르겠습니다! 멍청한 강성훈은 아무것도 모르겠습니다! 똑똑하신 나래 님께서 말씀해 주시기 바랍니다! 안 그러면 이 멍청한 남정네는 이해를 못 할 것 같습니다!"

"이 멍청이!"

나래가 날린 주먹이 깨끗하게 옆구리에 들어갔다.

설마 지금 나래가 날 때릴 줄은 상상도 하지 못했기에 막지도 못했다.

"쿠엑?!"

나는 그 자리에 몸을 웅크리고 앉아서 고통에 몸을 떨었다.

여, 옆구리. 옆구리를 너무 깊게 맞았어.

"……아."

거의 기습과 같은 주먹이었기에 나래도 조금 당황한 것 같다. 하지만 그것도 잠시였다.

"어, 어쨌든! 난 이제 너 같은 거한테 관심 없으니까! 이제 그만 나가!"

그 짧은 시간 동안 냉정을 되찾은 것 같다. 나한테도 나쁠 건 없다. 지금까지 묵은 감정들을, 말하지 못하고 쌓아 온 마음을 토해 냈으니까.

지금부터가 본론이다.

지금까지의 일은 지금을 위해서 준비한 것이었다.

나래가 자신을 온전히 드러낸 지금, 나는 말해야 한다.

"나래야."

나는 멋지게 일어서려고 했지만 몸이 너무 아팠기 때문에 한 손으로는 옆구리를 부여잡고 부들부들 떨며 일어나고 말았다

"미안해. 정말, 쿨럭쿨럭! 끄어어억……."

기침이 튀어나오는 바람에 거의 죽기 직전의 사람이 하는 말처럼 들리는 것 같다. 그럼에도 나는 힘겹게 말을 끝마쳤다.

"……미안해. 내가 잘못했어. 다시는 안 그럴게."

나래는 입을 다물고 아무런 대답도 하지 않았다.

"용서해 줘, 나래야."

나래는 아무 말도 하지 않았다. 그래서 나는 독촉하듯 말했다. 내가 사랑하고 나를 사랑하는 소꿉친구의 이름을.

"나래야."

나래가 뜸을 들이다 어렵사리 말했다.

"……너, 지금까지 날 열 받게 한 거. 이걸 노린 거였어?"

나는 고개를 끄덕였다.

알고 있을까?

감정을 마음에 가둬 두면 독이 된다. 하지만 그것을 토해내게 되면 정말로 신기하게도 기분이 나아진다. 속이 시원해진다. 그리고 그것에 호응해서 자신의 마음속에 담아 둔 것들을 말해 주는 사람이 있다면, 그 효과는 배가 된다.

먼 옛날, 나는 그것을 나래에게 배웠다. 내가 마음속에 가득 찬 독을 토해 냈을 때.

그리고 지금은 그 입장이 반대가 되었을 뿐이다.

나래는 주먹을 불끈 쥐며 아랫입술을 깨물었다가, 이내 한숨을 쉬고 팔짱을 끼며 내게 말했다.

"잔머리만 잘 돌아가서."

나는 고개를 흔들며 나래의 말을 부정했다.

"아니야. 열심히 고민한 거야. 너하고 화해하기 위해서."

"확실히 나한테는 잘 먹힐 방법이긴 했어. 하지만 그렇다고 너한테 들은 말까지 사라지는 건 아니거든?"

"그건 화해하게 되면 앞으로 열심히 알아서 해야지."

"화해해 줄 생각 없어."

"있잖아."

"없어."

"아니, 있어."

나는 확언했다.

"조금 전이라면 몰라도, 지금은 달라."

"뭘 믿고 그렇게 자신만만해?"

"알고 있잖아, 나래야."

나래는 대답하지 못했다. 분한 듯 아랫입술을 깨물기만 할 뿐.

이해 못 할 수도 있다. 왜 이렇게 내가 자신만만하고 나래가 분해하는지.

하지만 조금 생각해 보면 답은 나온다.

지금 상황이 조금 닮았다는 생각이 들지 않아? 그래. 처음으로 나래가 내게 손을 내밀었던 그때와. 판박이처럼 닮지는 않았지만 말이야.

그렇기에 나래는 내 사과를 받아 줄 거다.

내가 나래와의 추억을 부정할 수 없었듯이, 나래 역시 나와의 추억을 부정할 수 없다. 그것을 부정하는 순간, 지금까지의 인생을 부정하게 되는 것과 같으니까.

우리는 소꿉친구.
우리의 삶은 서로와 이어져 있다.

조금 비겁한 것 같지만 내게는 그런 걸 신경 쓸 여유가 없다.
그리고 나래가 하, 하고 어딘가 허탈하다는 듯이 웃고는 미소 지은 채 말했다.

"죷끼."

나래의 주먹이 정확하게 내 머리를 노렸다. 설마 지금 주먹이 날아올 거라고는 생각도 못 했기에 무방비의 나는 그대로 맞아 버렸고.
참으로 신기하게도 지금까지는 버텨 왔던 내 몸이 의식을 잃었다.

행복해지는 이야기

"요술의 지속 시간이 다했습니다."

한복으로 옷을 갈아입은 세희에게 정신을 되찾은 내가 처음으로 들은 말이다.

그러고 보니 효율이 안 좋다는 말을 했었지.

"……용케 살아 있네."

"안주인님께서 계셨으니까요."

그 말의 뜻을 이해한 나는 이불을 들어 올렸다. 팬티 한 장만 입고 있다. 다행인 것은 그때와 달리 랑이가 알몸으로 누워 있지 않다는 것뿐일까. 마음의 안식을 찾아서인가, 그제야 주위가 보이기 시작했다.

언제 망가졌냐는 듯 말끔하게 고쳐진 나래의 방이다. 나는 침대 위에 누워 있고 주위에는 세희 말고 다른 아이들은 없었다. 세희는 마치 간병인처럼 침대 옆에 의자를 가지고 와서 앉아 있다. 나는 지끈거리는 머리를 한 손으로 누르며 세희에게 물었다.

"얼마나 기절해 있었냐?"

"30년입니다."

"농담하지 말고."

"농담이 아닙니다. 나래 님의 주먹에 식물인간이 되신 주인님을 되살리는 것은 정말 힘든 일이었습니다. 안주인님께서 매일매일 주인님의 얼굴을 핥아야 하셨죠."

순간 식겁했지만 세희의 입꼬리가 아주아주 미묘하게 살짝 올라간 것을 보고 평정을 가장하며 입을 열었다.

"……그런 말은 농담이라도 하지 마라. 랑이한테 이른다."

"사실입니다만."

"……진짜?"

이제야 대놓고 삐뚤어진 미소를 짓는 걸 보고서야 나는 안심할 수 있었다. 동시에, 왜 세희가 내게 그런 무시무시한 농담을 했는지도.

"랑이를 끼어들게 만든 건 미안."

그제야 세희의 표정이 풀렸다.

"후우……. 아시면 됐습니다. 주인님께서 아무 방비도 하지 않으신 것도 아니고 말이죠."

랑이가 따라오지 못하게 한 거 말이지. 하지만 나도 설마 바닥이 무너져 내릴 거라고는 상상도 하지 못했다고.

"그래서 다른 애들은?"

"주인님의 안정을 위해서 잠시 1층의 거실에 계십니다."

세희가 의미 깊은 미소를 지었다.

“하지만 듣고 싶은 것은 그런 게 아닐 것 같습니다만?”

“……알면 좀 말해 줘라.”

“말씀해 주시지 않으면 저도 모릅니다.”

이 녀석, 일부러 이렇게 말하는군.

“그래서, 나래는?”

“안주인님과 이야기 중이십니다.”

“무슨 이야기?”

“여자들의 이야기에는 끼어드는 게 아니라고 전에도 말씀드린 적이 있습니다만.”

“지금 그럴 상황이 아닐 것 같은데.”

“그도 그렇군요.”

세희는 고개를 끄덕이고 소매에서 긴팔 티셔츠와 바지를 꺼내 주었다.

“지금은 옷을 입으실 시간입니다.”

세희의 말대로 팬티 바람으로 나래의 침대에 누워 있는 건 그다지 좋은 일은 아닌 것 같다. 나는 침대에서 꾸물거리며 기어 나와 옷을 입었다.

옷을 다 입은 나는 침대에 앉았다. 남는 의자가 없었으니까.

“그보다 용케 새언니의 말씀을 이해하셨군요.”

세희가 넌지시 이야기를 꺼내 왔지만 나는 그 화제를 따라갈 수 없었다.

“……무슨 소리야?”

세희가 내 얼굴을 빤히 쳐다본 뒤, 보란 듯이 한숨을 쉬었다.

"모르고 하신 말씀이셨습니까."

"그러니까, 뭐가?"

그렇게 말하면서도 나는 어머니께서 내게 하신 말씀 중에서 그 의미를 알 수 없었던 것이 있었나 생각해 보았다.

그러자 거짓말같이 한 가지 말씀이 떠올랐다.

그 전에 할 게 있지 않을까?

"떠올리신 것 같군요."

세희가 하는 말을 봐서는 내가 생각한 게 맞는 것 같기는 한데…….

모르겠다. 어머니께서 왜 그런 말씀을 하셨는지 지금도 모르겠다.

"그게 무슨 뜻이었는데?"

그러면 물어볼 수밖에 없지.

세희는 내 질문에 기분 나쁘게 부처님 같은 미소를 지으며 말했다.

"이번에는 정말 많은 고생을 하셨으니 알려 드리겠습니다. 주인님의 무의식과 의식에는 건널 수 없는 깊고 깊은 골이 있으니 말이죠."

아리송한 말은 하지 말아 줬으면 좋겠다. 수수께끼만 더 쌓이니까.

세희가 말했다.

"간단합니다. 새언니께서는 주인님께서 앞으로 나래 님과 어떻게 되고 싶은지에 대한 답을 먼저 찾으라고 하신 말씀이셨습니다. 그리고 주인님께서는 나래 님과 화해를 빙자한 난투를 벌이면서 말씀하셨고요."

나는 기억을 되살려 보았다. 결계의 영향 탓이었는지 몰라도, 흥분한 상태에서 마구 지껄였기 때문에 세희가 한 말이 무엇인지 모르겠다.

"아니요. 주인님께서는 말씀하셨습니다."

그런 내게 세희가 정답을 말해 줬다.

"나래 님과 같이 이야기를 하면서 정하고 싶다고."

세희의 말을 들으니 기억이…… 안 나는데?

"난 그런 말 한 적 없는데?"

"말씀하셨습니다. 자각이 없으실지 몰라도, 그렇게 말씀하셨습니다."

나는 정말 기억이 없다. 도대체 무엇을 듣고 이런 말을 하는지 고민하고 있을 때.

"그럼 저는 나가 보겠습니다."

세희가 의자에서 일어났다.

"왜?"

"여주인공님이 오셨기 때문이죠."

세희는 그대로 문을 잡아 열었다. 바깥에서 퉁명스럽게 서 있는 나래가 보였다.

나래는 세희를 한 번 쏘아보았고, 세희는 고개를 살짝 숙이며 인사를 한 뒤 방을 나섰다.

이런 상황에서 무슨 말을 해야 할지 모를 때. 나래는 문을 닫고 세희가 앉았던 의자에 앉았다.

그 후로는 침묵. 침묵만이 계속되었다.

그 침묵을 먼저 깬 것은 나래였다.

"넌 언제나 날 실망시키네."

그 말씀과 동시에 나는 침대에서 일어나 나래의 발치에 엎드려 빌었다.

"죄송합니다, 나래 님! 부디 용서를!"

"됐고, 일어나."

나래 님께서 이야기하시니 엎드린 성훈이 일어날지어다!

"몸은 괜찮아?"

"아, 응."

그것으로 다시 침묵이 찾아왔다. 이럴 때 도대체 무슨 말을 해야 할지 모르겠다. 다짜고짜 화 풀렸냐고, 같이 돌아가 주겠냐고 말할 수는 없잖아?

"그래서 이제 나한테 할 말 없어?"

"……화 풀렸어?"

하지만 내 생각과 달리 입은 멋대로 움직였다. 나래는 내 말에 팔짱을 끼고 오랜만에 패왕의 눈빛으로 나를 노려보았다.

"지금 할 말이, 그거야?"

선택지. 선택지가 필요하다. 예능 프로그램처럼 누가 나래의 뒤에 대본이라도 들어 줬으면 하는 생각이 든다. 그렇다고 진짜로 그림자에서 슬그머니 나오지 말고!

"아니, 그러니까……. 미안해?"

"……."

이것도 아닌가 보다.

"어, 그러니까, 에, 음……."

나는 당황하면서 말을 흐리다가 지금 꺼내야 할 말을 생각해 낼 수 있었다.

"같이 돌아가자, 나래야."

그건 정답이었던 것 같다.

"하아……."

나래가 다른 의미의 한숨을 쉬었으니까. 그것은 나에 대한 것이 아닌, 우리를 향한 것이었다.

"솔직히 말할게, 성훈아."

나는 고개를 끄덕이며 나래의 말을 재촉했다.

"화는 다 풀렸어. 그렇게 퍼부었으니까 말이야. 그리고 내가 일방적으로 약속을 깨고, 헤어진 것도 내가 잘못했다고 생각하고."

나래는 잠시 입을 다물고 허벅지 위에 올려놓은 손을 꼬옥 쥐며 조심스레 말했다.

"……미안해. 용서해 줄래?"

네 탓이 아니라고, 나래의 잘못을 부정하는 말은 지금 당장이라도 수십 분 넘게 말할 수 있다. 하지만 지금 나래가 바라는 것은 그런 것이 아니기에 나는 고개를 끄덕이며 말했다.

"응."

"고마워."

한층 분위기가 밝아진 나래가 말했다.

"하지만 같이 돌아갈 수는 없어."

나래의 진심에 나는 물었다.

"왜?"

"나는 독점욕이 강하니까."

나래는 현실을 말했다.

"다시 너하고 같이 돌아가는 건 간단해. 지금까지처럼 잘 지낼 수도 있어. 하지만 성훈아."

씁쓸하게 미소 짓는 나래의 모습이 너무나 슬프다.

"나는 독점욕이 강하고 질투심도 많으면서도, 그 마음을 드러내지 못하는 그런 애야. 너와 같이 돌아가면 분명 이런 일이 또 생길 거야."

나는 생각해 봤고, 고개를 끄덕였다.

"응. 그럴 것 같긴 해."

그게 지금까지의 나래였으니까. 분명 원래의 관계로 돌아가면 결국 과정은 다를지라도 지금과 똑같은 결과가 기다리고 있을 거다.

그래서 나는 말했다.

"그러니까 바꿔 보는 건 어떨까?"

"……뭐?"

나래는 당황해하다가 눈썹을 추켜세웠다.

"잠깐만, 성훈아. 너, 지금 나보고……."

내 말을 무슨 뜻으로 받아들였는지 알 수 있었기에 나는 고개를 저었다.

입을 다물고 기다리는 나래에게 나는 말했다.

"나와 같이 서로를 바꿔 가 보자는 뜻이었어."

"……그건 무슨 뜻이야?"

"너는 내가 자신만을 바라보게 만들고, 나는 네가 다른 아이들과도 행복하게 지낼 수 있도록. 그렇게 목표를 세우고 상대를 바꿔 가 보자는 말이었어."

"그게 말이 돼?"

"돼."

나는 이상을 말했다.

"우리는 서로를 사랑하고 있잖아? 그러면 사랑하는 사람을 위해 조금씩 변할 수 있는 거 아니겠어?"

계속해서.

"나는 지금까지 그래 왔어. 내가 사랑하는 아이들을 위해서 조금씩 변해 왔어. 그건 나래, 네가 더 잘 알고 있을 거야."

기억을 칼날 삼아.

"누구보다 맨 처음 서로를 변하게 만든 게 우리였잖아."

추억을 송곳 삼아.

"그러니까 분명, 이번에도 서로를 변하게 만들 수 있을 거야."

나래의 마음을 찌른다.

나래는 아무 말도 못 했다. 나는 기다려 줬다. 계속해서 기다려 줬다.

나래가 말했다.

"……그래도 괜찮겠어?"

그건 의중을 묻는 듯한 승낙이었다.

"나, 네 말대로 하면……."

나래는 말을 아끼며 조심스럽게, 하지만 확실하게 말했다.

"네가 나만을 보도록 만들기 위해서 옛날에 **파파**한테 했던 것처럼, 아니, 그때보다 더 심하게 할지도 몰라."

나래는 각오와 불안감으로 뒤섞인 시선으로 나를 보았다.

"그래도 괜찮겠어?"

이건 나에게 묻는 것이 아니다. 내가 아닌 아이들에게 이야기하고 있는 거다. 나는 그것을 깨달을 수 있었다.

나래는 말했다.

마음이 정리되면 다시 만나 주겠다고. 그것이 진정 무슨 의미였는지, 나는 이제야 알 수 있었다.

그렇기에 나는 단언했다.

"랑이도 치이도 페이도 아야도, 그런 거 가지고 널 싫어하게 될 일은 없어."

나래의 등을 밀어준다.

"그러니까 괜찮아. 아무 문제없어."

나래는 내 말을 듣고 고개를 숙였다. 허벅지 위에 놓인 손을 다시 살며시 움켜쥔다.

그렇게 긴 시간이 지난 후.

"응."

나래가 고개를 들었다.

"알았어."

나래가 나를 보았다.

"그러면 이제부터……."

나래가 내게 말했다.

"네가 나만을 바라보는 성훈이가 되도록, 노력할게."

그 말이 끝남과 동시에.

나래가 내게 달려들었다.

……응?

"나, 나래야?"

갑작스러운 일에 나는 어떤 반응도 못 하고 그대로 나래에게 덮쳐져서 뒤로 넘어가 버렸다. 그런 나를 부드러운 몸으로, 풍만한 가슴으로, 향긋한 꽃 내음으로 꼼짝달싹하지 못하게 만든 나래가 말했다.

"하자."

"……예?"

"하자고."

"……뭘요?"

남자와 여자. 침대 위. 한쪽이 덮친 상황. 그리고 하자, 라는 말.

나래가 무슨 뜻으로 그 말을 했는지 모른다면 나는 정말 순수하고 순진한 어린아이 같은 사람이겠지. 하지만 나는 그렇지 않다. 속은 시꺼먼 남자라 이 말이지. 그럼에도 나는 되묻지 않을 수가 없었다.

내 질문에 나래는 얼굴을 붉히며 몸을 한층 더 앞으로 숙여, 뭐라 말해야 할지 모를, 속이 알찬 가슴을 한층 더 내게 밀착시켜 짓누르며 내 귓가에 아주 자그마한 목소리로 말했다.

"아, 아기 만들기."

나는 절대로 혈액 순환 장애가 일어나지 않을 거야.

"자, 자, 자, 자, 잠깐 나래야."

나는 나래의 어깨를 잡고서 밀치려고 애쓰면서 말했다.

"아, 아무리 그래도 시작부터 너무 강하신 것 아닙니까?"

"나, 원래 행동력 있잖아."

아, 하긴 그러셨죠. 처음에 우리 집에 머무르신다고 하셨을 때도 일사천리로 진행하셨죠.

"그, 그래도 싸울 때 하신 말씀은 어디 가신 겁니까?!"

콕 집어서 이야기하지 않았지만 나래는 철석같이 알아들었다. 그리고 너무나 상냥하면서 요염한 목소리로 내게 속삭였다.

"성훈아. 말실수는 누구나 하는 거야. 나도 종종 말실수를

하는걸. 중요한 건 말실수를 한 뒤 어떻게 행동하는 지인 거야. 알겠지?"

"아니, 그 말을 지금 이런 상황에서 하지 말라고!!"

"그런가?"

나래는 장난스럽게 말했지만 슬금슬금 아래로 내려가는 손은 장난이 아니었다. 나는 최대한 몸을 틀면서 비명 지르듯 외쳤다.

"자, 잠깐만! 나래 님! 이성을! 이성을 되찾으셔야 합니다!"

"그래서 열심히 이성을 찾고 있잖아."

"하하핫, 정말 재미있는 농담이시지만 그 이성이 아닙니다!!"

"시끄러. 가만히 있어. 이게 널 내 거로 만들기 위한 가장 좋은 방법이니까. 너, 의외로 책임감 있잖아. 그러니까 다른 애들한테도 손 안 대고 있는 거고."

몸을 살짝 띄운 뒤 나를 바라보는 나래의 눈동자는, 굶주려서 포악해진 곰의 그것과 다름없었다.

"이거로 나한테 못 벗어나게 만들어 줄 테니까 가만히 있어. 천국을 보여 줄게."

혀로 입술 핥지 말아 주세요오오오!!

"우아아아아앗?!"

이제 끝인가 보다 생각하던 그때.

"성훈아, 무슨 일이느냐!!"

방문이 덜컥 열리며 랑이가 허겁지겁 올라왔다. 세상에, 랑이의 등 뒤로 후광이 비치는 기분이 들어!

"랑이야! 나 좀……."

"아앗!! 너무하느니라, 나래야! 이야기가 끝나길 기다려 주고 있었더니!"

……잠깐. 불길한 징조다. 왜냐고? 방금 말한 랑이의 목소리에 담긴 감정이 부러움, 그리고 아주아주 약간의 질투밖에 없었으니까.

"나도 지지 않겠느니라!!"

그리고 랑이가 우다닷 달려서 높이 뛰어 공중에서 휘리릭 제비를 돈 뒤 내 옆에 달라붙었다.

"방해하지 말고 저리 가, 랑이야. 지금부터는 어른의 시간이니까."

우리도 아직 애다.

"그런 말 하지 말거라! 나도 어른이니라!"

너도 아직 애다.

"어디가?"

나래가 나를 덮친 채로 슬쩍 자신의 가슴을 랑이 쪽으로 강조한다. 랑이는 자신에게는 허락되지 않은 신의 축복을 바라보며 입술을 삐죽 내밀었다.

"가, 가슴 크기로 어른, 아이를 정한다면 세……."

"부르셨습니까, 안주인님."

"으냐아아앗!!"

입에 담을 수 없는 그것에 대해서는 아무리 랑이라고 해도 용서가 없구나, 너는. 랑이는 등 뒤로 검은 오라를 물씬물씬 풍기는 세희를 보고 깜짝 놀라서는 있는 힘껏 고개를 흔들며 말했다.

"아니, 아니니라! 아무것도 아니니라!"

"그렇습니까."

그래도 랑이니까 이 정도로 넘어가 주는구나. 나였으면 식칼을 던지든가 소매에서 무시무시한 무언가를 꺼내든가 했을 텐데 말이야.

"그래서, 주인님. 지금의 상황을 보아하니 일이 잘 풀린 것 같은데, 맞습니까?"

지금의 상황. 나는 침대에 누워 있고, 그런 내 위에 나래가 엎드려서 이곳저곳 말 못 할 부위를 내게 밀착시키고 있으며, 그런 내 옆에서는 랑이가 누워서 내 한쪽 팔을 끌어안고 있는 상황을 말한다.

"어딜 봐서!!"

하지만.

나는 그렇게 말하면서도 깨달았다.

이제야, 이제야 다시 되돌아올 수 있었다고. 길지 않은 시간이었지만 너무나 길고 고통스럽게 느껴졌던 시간을 보내고 나서야, 예전보다 한층 더 인연이 깊어진 사이가 될 수 있었다는 것을.

마치, 비 온 뒤에 땅이 굳듯이.

우리들의 관계는 한 단계 더 나아갔다.

“그러고 보니 곧 장마가 온다 합니다.”

꼭 지금 그런 말을 해야 되겠냐!!!

“그럼 좋은 시간을.”

세희가 그림자 속으로 돌아가는 것과, 나래가 물러날 생각이 없다는 것, 랑이는 이 상황을 즐기고 있다는 점에서 나는 이 상황에서 나를 구원해 줄 수 있는 분의 성함을 소리 높여 외치게 되었다.

“누나아아아아아아아아! 성의 누나아아아아! 나 좀 살려 줘어어어어!!”

글쓴이의 횡설수설

안녕하십니까. 눈이 녹은 계절에 만나 뵙겠다 말씀드렸건만 아스팔트가 녹아내리는 계절에 오게 된, 정신이 머리에서 나가 저에게 노란 손수건을 흔들어 주고 있는 카넬입니다.

죄송합니다. 조금이라도 더 빨리, 그러니까 지지난 달, 아슬아슬한 봄날에 지면을 통해 만나 뵙고 싶었는데 제 늙고 병든 손가락이 말을 듣지 않아서 늦고 말았습니다. 죄송합니다. 손가락 이야기를 하자니, 요즘에 손가락도 그렇고 팔목과 허리와 엉덩이와 등과 가슴과 머리가 많이 아픕니다. 나이가 들어서일까요. 아니면 제가 요즘 영문자 이름을 가진 휘머리 아저씨한테 끌려서 안 좋은 자세로 키보드를 열심히 두들기고 있기 때문일까요. 그래도 나래만큼 성훈을 두들기지는 않았는데 말이죠.

성훈을 드럼처럼 잘도 두들기던 나래의 이야기였던 11권, 12권, 13권이 드디어 끝났습니다. 마치, 8권, 9권, 10권이 랑이의 이야기인 것처럼 말이죠. 사실은 랑이의 이야기보다 나래의 이야기를 빨리 쓰려고 했습니다. 작가의 변명일지도 모르겠지만, 나래라는 아이는 3권에서 자신의 갈등을 해결하지 못했던 아이였으니까요. 문제는, 저도 그 답을 찾을 수가 없어서 보류, 그 단어로 지금까지 도망쳐 왔다는 거죠.

조금 다른 이야기지만, 이 후기를 쓰고 있는 카페에서, 옆자리에서 라이터로 테이블에 장난치는 분들이 계시네요. 실내에서 그러면 안 좋은데 말이죠. 방화범으로 오해받을 수도 있다고 생각합니다.

그런 의미에서 나래는 이번에 불장난 정도가 아니라 나호라는 무대에 화끈하게 불을 질렀다고 생각합니다. 저도 거기까지 할 거라고는 생각하지 못했지만, 정말 성대하게 질러 버린 것 같습니다. 모든 게 불타 버려도 나는 신경 쓰지 않는다는 기세로, 나! 히로인! 그만둘래! 하고 지른 것 같습니다. 프로듀…… 작가인 저로서는 당연히 막아야 하겠지만, 지금까지의 나호가 있을 수 있었던 것은 나래의 인내가 있었기 때문이라고 생각하기에, 마음대로 하라고 놔두었습니다.

덤으로, 성훈이도 마음대로 하도록 했습니다. 그러자 참 복잡하게 행동하더군요. 마치 어른이 되어 가는 아이처럼 말이죠. 싫어하는 사람과 웃으면서 이야기를 나눠야 할 때에 최대한 웃으려고 노력은 하지만 웃음 속에 감정이 담겨 있지 않으며 시선은 마주하지 않으려고 하는 사람 같았습니다.

제가 요즘 이렇다는 건 아니고요(웃음).

애초에 사람을 안 만나니.

어찌 되었건.

1부 3권에서부터 오랜 시간이 흘러 성훈과 나래가 내린 결론과 결론에 다다르기까지의 과정을 어떻게 받아들이실지 모르겠습니다. 부디……, 부디 만족하시기를 바라고 있습니다.

평범한 하렘과 별다른 게 없어 보이지만 말이죠.

어쨌든 이렇게 나래의 이야기가 끝났습니다. 지금부터 시작하는 나래의 역습을 기대해 주셨으면 합니다.

……어린아이가 아닌 시점에서 의미가 있을까 싶지만.

이번 권에서는 다른 아이들이 많이 나오지 못했던 게 아쉽습니다. 아마, 독자님들보다 제가 더 아쉬워하고 있을 겁니다. 왜냐하면 저는 아이들이 등장하게 되면 몸에 활기가 돌고 입가에 미소가 지어지며 손가락이 탭댄스를 추기 때문입니다.

다음 권부터는 다시 즐겁게 쓸 수 있을 것 같습니다. 누님파였던 제가 어쩌다가 여기까지 오게 되었는지, 저도 잘 모르겠습니다. 하지만 5년이라는 시간은 사람 한 명의 취향 같은 것을 변하게 만들기 충분한 시간이겠지요.

그러니까 제가 요즘 어떤 상황이냐면…… 아닙니다. 지면에 썼다가는 은팔찌가 저를 기다리겠죠.

뒤에 붙은 이야기는 옛날에 부록으로 나왔던 윤재호 작가님께서 그려 주신 만화의 원작입니다. 만화와 소설의 차이점을 찾아보시는 재미가 있었으면 좋겠습니다.

그러면, 낙엽이 쌓인 후, 혹은 눈이 쌓일 즈음에 뵙도록 노력하겠습니다.

그때까지 다들 건강하셨으면 좋겠습니다. 독자님들, 무리하지 마세요. 건강이 제일입니다. 전 그럼 약발 좀 받아 보러 가겠습니다.

돌아와라, 나의 파워!

옛날이야기

가만히 앉아 있는 것만으로도 땀이 줄줄 흐르는 여름날. 더위를 식히기 위해 선풍기를 틀어 놓고 소파에 앉아 TV를 보고 있을 때 사건은 벌어졌다.

"성훈아! 성훈아!"

나래 선생님의 국어 공부를 끝내고 나온 랑이가 자석의 N극과 S극이 끌리듯이 쪼르르 다가와 이 더운 날씨에도 불구하고 내 몸을 두 팔로 와락 끌어안으며 볼을 비벼 온 거다. 너는 내 뺨에 흐르는 땀 같은 건 안 보이지?

"왜."

그러면서도 랑이의 머리를 쓰다듬어 줄 수 있는 걸 보면 나도 조금은 어른이 된 것 같다. 아니면 랑이가 어제보다 더 귀여워졌든가.

"지금 뭘 보고 있는 것이느냐?"

이걸 어떻게 설명을 해 줘야 하나.

내가 지금 보고 있는 건 공중파 방송에서 하는 짝을 찾아라, 라는 프로그램이다. 남자와 여자가 자신의 인연을 찾아 사랑사랑마을이라는 장소에 몇 박을 같이하며 서로를 알아 간 후, 마음에 맞는 사람에게 고백을 하는 연애 버라이어티지.

불구경과 싸움 구경만큼이나 재밌는 게 남의 연애 이야기라는 듯, 꽤나 좋은 시청률을 기록하고 있지만 내가 보기에는 그저 단순한 전파 낭비로서…….

아니, 이런 이야기를 하려는 게 아니라.

"응? 응?"

나는 초롱초롱 눈을 빛내며 호기심을 불태우는 랑이에게 간단하게 설명을 해 주기로 했다. 이러다가 나래한테 가면,

"아침부터 할 일 없이 이상한 거나 보고 있어? 그 시간에 공부나 해!"

같은, 교육열에 불타오르는 학부모 같은 잔소리가 날아올 것 같거든.

"이건 그러니까, 자신의 짝을 찾는 내용이야."

"짝?!"

흥미가 생겼는지 귀가 쫑긋쫑긋하고 꼬리가 흔들흔들한다.

"짝을 찾는 것이느냐?"

"그래."

"그것참 재미있겠구나!"

불길하다.

랑이가 관심을 가지는 것은 어떻게든 크고 작은 사건으로

이어진다. 나는 랑이가 또 이상한 곳에 불이 붙기 전에 재빠르게 진화하려고 했지만.

"그래서 준비했습니다."

그 전에 세희가 나타나 요술을 부리는 것으로 세상이 변했다.

"제1회. 남자 1호, 실례, 도련님의 베스트 짝을 찾아라."

"야, 인…… 우우읍?!"

세희가 손을 한 번 흔들자 어째서인지 나는 밧줄에 꽁꽁 묶이고 입에는 재갈이 물린 채 어딘가 눈에 익은 기와집의 대청마루에 앉아 있었다.

여긴……. 지리산의 할아버지 댁이군.

평소의 한복은 어디다 내다 버리고 남성용 정장을 말끔하게 차려입은 세희를 오늘따라 특히나 더 성불시켜 버리고 싶어진다.

이 녀석은 평안과 평온이라는 단어를 모르나?!

"……또 무슨 일이야."

나래는 갑자기 일어난 일에 짜증이 났는지 표정이 안 좋아 보인다.

"아우우우우?"

사태의 갑작스런 변화에 적응을 못 한 치이가 주위를 둘러보며 귀 위 머리카락을 파닥인다. 나라도 옛날 같았으면 이런 상황에 당황했겠지.

[드디어 신혼여행?]

자기의 절친이 당황하는 모습과는 다르게 폐이는 주위를 둘러보면서 속셈이 가득한 글을 썼다.

“오랜만에 돌아오니 참 좋구나!”

일의 주모자가 된 랑이는 밝은 기색이다. 그렇다고 기분 언짢아 보이는 나래의 옆에서 두 손을 모으고 폴짝폴짝 뛰지 마라.

그런데 왜 아무도 내가 결박당한 거에는 신경 안 써 주는 거야?!

“그러면 참가자 분들께서는 이 스티커를 잘 보이는 곳에 붙여 주시기 바랍니다.”

세희는 이 상황에 대한 아무런 설명도 없이 여자 1호, 2호……, 이런 식으로 적혀 있는 스티커를 아이들에게 나눠 주고 있다. 랑이가 1호, 치이가 3호, 폐이가 4호, 그리고 나래는.

“내가 왜?”

스티커를 받지 않았다.

역시 나래. 스티커를 자연스럽게 옷에 붙이는 다른 아이들과 비교할 수밖에 없다니까?

세희는 팔짱을 끼고 자신을 노려보는 나래에게 보란 듯이 어깨를 으쓱하며 말했다.

“여자 2호는 남자 1호에게 관심이 없다.”

왜 내 마음이 아픈가.

“장난하지 말고! 왜 내가 이런 애들 장난에…… 응?”

기세 좋게 말하던 나래가 옆을 돌아본다. 그곳에는 침울해져서는 꼬리고 귀고 축 늘어뜨린 채 소심하게 나래의 손을 잡아끄는 랑이가 있었다.

"나래는…… 싫느냐?"

나왔다. 랑이의 필살기, 울먹이며 올려다보기! 저게 의도한 게 아니라는 점에서 점수가 높지!

"그, 그게 아니라, 랑이야."

"나, 오늘 열심히 공부했느니라. 졸려도 꾹 참았느니라. 내가 공부하면 나래가 좋아해 줘서 노력했느니라. 그런데 나래는 나하고 같이 놀아 주는 게 싫으느냐?"

양심을 쿡쿡 찌르는 시선에 결국 나래는 신음성을 흘리며 고개를 돌려 나를 사람 하나 잡을 듯이 보았다.

넌 도대체 뭘 한 거야?!

그 눈빛이 내게 그리 말하고 있다. 나도 눈빛으로 대답했다.

뭐라 하기도 전에 이 꼴이 되었습니다.

한심하긴.

나를 눈빛으로 쏘아본 나래는 결국 랑이의 시선에 이길 수 없었는지 가슴에 스티커를 붙였다. 그것까지 확인한 세희가 비릿한 미소를 지으며 손을 들어 나를 가리켰다.

"이번 참가자 분들은 모두 네 명. 이 중에서 누가 도련님께 가장 어울리는 짝인지 알아보는 것이 이번 대회의 개최 목적입니다. 우승하시는 분에게는 도련님의 부끄러운 사진이 가득한 사진첩이 상품으로 수여됩니다."

그리고 세희는 소매에서 사진첩을 꺼냈다. 그리고 그것을 펴는 순간. 나는 지금까지처럼 될 대로 되라고 가만히 있을 수가 없게 되었다.

"우으읍!! 우읍!!"

세희가 편 사진첩에는 어렸을 때 아버지의 러닝셔츠만 달랑 입고 있는 내 어린 시절의 사진이 실려 있었으니까! 저런 사진을 도대체 어디서 구했대?!

"서, 성훈이의 어린 모습이느냐?!"

"꺄우우우! 오, 오라버니가 이렇게 귀여웠던 거예요?"

[레어! 아니, 유니크!!]

"……어렸을 때는 귀여웠네."

각자 흥미를 나타내며 과거의 나를 뚫어져라 바라보는 아이들의 눈에는 현실의 내가 지렁이처럼 꿈틀대는 모습은 다른 차원의 일인가 보다.

그리고 페이! 넌 왜 스케치북을 꺼내? 지금 뭘 그리는 거야?!

"여기까지입니다."

세희는 사진첩을 접어서 다시 소매 안으로 집어넣었다. 나는 안도의 한숨을 쉬고 싶었다. 그런데 너희들은 왜 그렇게 아쉬워하냐? 랑이는 손가락을 입에 물고서 볼을 부풀렸고 나래는 내 시선을 느꼈는지 팔짱을 끼고서 휙 하고 고개를 돌렸다.

"시, 신기해서 본 거거든?"

얼굴 붉히고서 그런 이야기를 하셔 봤자 전혀 설득력이 없습니다.

"아우, 아우우우! 오라버니가 호, 홀딱 벗고 있었던 거예요!"

이 순진한 척하면서 발랑 까진 까치 요괴! 흥분해서 귀 위 머리카락 파닥이면서 두 팔도 흔들지 마라!

[러프 완성.]

페이가 거꾸로 돌려 내게 보여 준 스케치북에는 아까 보았던 사진을 거칠게 옮긴 그림이 그려져 있었다.

[이제 선 따기.]

자랑스럽게 글을 쓰는 페이를 한 대 때려 주고 싶다.

"아우우우……. 완성되면 저도 보여 주는 거예요."

서로 꺄우꺄우 [우히히힛]거리는 까막까치 녀석들을 지켜보던 세희가 고개를 돌려 나를 보며 말했다.

"참가자들의 열의가 대단한데 어떻게 생각하십니까, 도련님?"

마이크를 내게 돌리는 세희에게 지금의 내 심정을 그대로 말했다.

"으으읍!!"

장난하냐?!

"이상 도련님의 말씀이셨습니다."

내게 발언권을 줘!

세희는 한숨을 쉬고서는 귀찮다는 듯 말했다.

"군말하지 않고 조용히 계시면 풀어 드리겠습니다."

이 녀석은 내가 싫다고 하면 이대로 계속 놔둘 녀석이다. 이렇게 된 이상 조금이라도 이권을 챙기는 게 현명한 일이겠지. 나는 고개를 끄덕였고 그제야 겨우 결박에서 벗어날 수 있었다.

휴우……. 이제 좀 살겠군.

"그런데 꼭 이런 짓을 벌여야겠냐?"

"다시 묶이고 싶으신 것을 보아하니, 도련님께서 새로운 취향에 눈을 뜨신 게로군요."

입 다물고 있자.

내가 항복을 한 것을 확인한 세희는 어딘가 아쉽다는 표정을 짓고는 몸을 돌려 다른 아이들을 보며 말했다.

"그러면 먼저 참가자분들의 자기소개 시간입니다."

"잠깐만! 난 한다고는 안 했어!"

"어린 시절 나래 님께서 도련님과 같이 목욕하면서 찍은 사진도 안에 있는데, 괜찮으시겠습니까?"

진짜?!

"그, 그런 걸 어떻게 구했어?!"

"제가 누구인지 잊으셨습니까."

나래는 사색이 되어서 고개를 푹 숙이며 말했다.

"하, 할게. 하면 되잖아."

"그러면 주인님부터 주인님의 장점을 어필해 보시지요."

"어필? 어필이 무엇이느냐?"

머리카락으로 물음표를 만드는 랑이에게 옆에서 치이가 설명해 주었다.

"랑이 님은 그런 것도 모르는 거예요? 오라버니가 흥미를 가지게끔 소개하라는 말인 거예요."

치이의 말에 랑이는 아랫입술을 손가락으로 누르며 잠시 고민하더니, 탁! 하고 손바닥에 주먹을 치며 말했다.

"아! 나는 꼬리와 귀가 자랑이니라!"

말로 충분할 텐데 랑이는 꼬리라고 말할 때는 뒤돌아서 엉덩이를 씰룩씰룩, 귀라고 말할 때는 허리를 앞으로 숙여 귀를 돋보이게 만들었다. 그 모습이 확실히 귀여워서 내가 다 곤란할 지경이다. 숨 쉬기가 힘들어.

"헤헤헤헤."

쑥스러워하는 랑이의 미소에 다시 살아날 수 있었지만.

"그러면 다음은 나래 님의 차례입니다."

나래는 세희를 한 번 쏘아보고서는 귀찮다는 듯 손을 휙휙 저으며 말했다.

"별로 인제 와서 어필할 건 없어. 다 아는 사이니까."

……그렇긴 합니다만 그거 잘못하면 큰 오해를 살 수 있는 말입니다.

이걸 말해 줘야 하나, 고민하고 있을 때. 페이가 슬쩍 나래의 옆으로 오더니 글을 썼다.

[어필할 필요 없음. 가슴이 출렁출렁으로 끝.]

페이가 쓴 글이 자막같이 나래의 앞에 나타났다.

"뭐, 뭐 하는 거야?!"

나래가 얼굴을 붉히며 재빠르게 두 손을 휘저어 글을 연기로 되돌렸지만 이미 다 보고 난 뒤다.

[가슴 큰 건 자랑할 일.]

자신의 앞날에 다가올 위험도 모르고 허리를 쭈욱 펴며 자랑하는 페이를 무시무시한 눈으로 노려보고 있는 세희가 무섭다. 그 전에 나래가 성큼성큼 다가가는 걸 봐서 지금 걱정할 건 그게 아니지만.

"그런 말 하는 거 아니야!"

[아야야야야!!]

나래가 페이의 뒤에 서서 관자놀이를 꾹꾹 누르는 모습에 세희는 소매의 끝에 살짝 걸린 뭔가의 손잡이를 다시 집어넣고 치이를 보았다. 치이는 자기 차례가 오자 귀 위 머리카락을 파닥이면서 허둥대다가, 조심스럽게 자기소개를 시작했다.

"아우우우우, 치이인 거예요. 잘하는 건 요리하고 청소 같은 집안일인 거예요."

그리고 끝.

짧아! 거기다 너무 개성이 없어! 나는 이런 일에 익숙하지 않은 듯 당황해하는 치이를 도와줄 셈으로 슬쩍 물어보았다.

"좋아하는 건 뭐야?"

"좋아하는 건 오라버…… 꺄우우우! 도, 도, 도대체 저한테 뭘 물어보는 거예요?!"

치이는 얼굴을 두 손으로 가리며 귀 위 머리카락으로 날아갈 것같이 격하게 파닥이며 내게 화를 냈다.

……난 그냥 도와주고 싶었을 뿐인데. 오해다. 그러니까, 세희야. 날 보면서 엄지 올리지 마. 무표정으로 그러니까 좀 무섭다.

"그러면 마지막으로 페이 님의 차례입니다."

조금 전까지 나래의 체벌 때문에 얼굴을 찡그리고서 머리를 두 손으로 만지며 [아파……]라고 글을 띄우고 있던 페이는 바로 표정을 바꾸고서는 잘난 척 포즈를 취하며 글을 썼다.

[나, 돈 많음. 예쁘고 가슴도 큼. 반했지?]

100년의 사랑도 식을 것 같다, 야.

[……아니야?]

페이가 내 표정을 보고 의아해한다. 저 녀석은 세속의 때가 너무 많이 탄 것 같다. 한숨을 쉬고 있자니 세희가 나를 본다.

"왜."

"마지막으로 도련님의 차례입니다."

"나도 하라고?"

"간단한 자기소개 정도는 해 주시지요."

"너도 안 했잖아."

"선 신행하고 있지 않습니까."

그렇게 빠져나가기냐. 나는 의미 없는 소모전을 하기 싫어서 세희의 바람대로 하기로 했다. 물론 한숨을 쉬는 정도는 해야지.

"알다시피 이름은 강성훈이고 열일곱 살이고, 할 줄 아는 건 별로 없는……."

"변태."

"호색한인 거예요."

[로리콘.]

"인간쓰레기."

말이 끝나지도 않았는데 나래, 세희, 치이, 페이가 한순간에 치고 들어온다.

"아니니라! 성훈이가 로리콘인 건 맞지만 다른 건 다 아니니라!"

랑이가 힘껏 날 변호해 준다고 말을 했지만 로리콘이라는 걸 네가 인정한 순간에 이미 틀렸다. 자연스럽게 내 고개가 시든 꽃처럼 떨어지며 입에서 마른 웃음이 흘러나온다.

하, 하하하.

내가 패닉 상태에 빠져 있든 말든, 세희의 진행은 계속되었다.

"자기소개가 끝났으니, 다음 순서는 도련님을 주제로 한 문제의 답을 맞히는 차례입니다."

세희가 손가락을 튕기자 아무것도 없던 마당에 TV 스튜디오에나 있을 법한 방송 세트가 나타났다. 조금 고루해 보이긴 하지만 확실히 퀴즈쇼에나 쓸 법한 세트다. 정신이 살짝 붕괴된 나는 지금 거칠 게 없다.

"너한테 딱 맞는 옛……."

눈이 번쩍이는 귀신의 날카로운 수도에 앞 머리카락이 잘리는 신기한 경험을 할 날이 올 거라고는 상상도 하지 못했는데.

"계속 말씀하시지요, 도련님."

"전통은 소중하지. 응."

인제 와서 이것저것 짜깁기가 많이 되어 있다고 말하기에는 내가 조금 전에 한 말이 너무나 컸다. 세희가 손을 한 번 탁 턴 다음에 시선을 돌려 갑자기 나타난 세트장에 관심을 보이고 있는 아이들에게 말했다.

"1등을 하시는 분께는 도련님과 점심을 같이 먹을 수 있는 특권을 드리니 힘을 내 주시기 바랍니다."

"……난 기권할게."

나래가 한심하다는 듯이 손을 털며 준비해 둔 의자에서 일어났다.

"그래도 괜찮으시겠습니까?"

"어차피 성훈이가 마지막에 선택할 건 나니까. 그렇지, 성훈아?"

자기를 안 고르면 날 죽일 생각이구나.

하지만 그 말에,

[나래는 자신감 과잉. 우리, 지지 않아.]

"아우우우……. 저도 지금은 페이의 생각에 동의하는 거예요."

"아니니라! 선택받는 건 나이니라!"

아이들이 각자 거센 반응을 보였다. 나? 나는 나래의 흉흉한 눈빛에 기가 죽어서 덜덜덜 떨고 있지. 하지만 가장 큰 문제인 세희는 입꼬리만 올릴 뿐이었다.

"죄송하지만 나래 님. 선택은 제가 합니다."
나래의 표정에 금이 갔다.
"뭐? 왜?!"
"가장 객관적으로 판단할 수 있으니까요. 잊지 마시기 바랍니다. 이 대회는 도련님께 가장 어울리는 짝을 찾는 것이지 도련님이 가장 좋아하는 분을 찾는 게 아닙니다."
"그, 그런 게 어디 있어?"
화를 내는 나래에게 세희는 싸늘한 미소를 지었다.
"여기 있습니다. 싫으시면 그만두셔도 됩니다. 아, 그러고 보니 사진첩에는 나래 님께서 주무시는 도련님께……."
"계속 할 거니까 이상한 소리 하지 마!"
세희가 무슨 말을 하려고 했는지가 궁금했지만, 나래의 흉흉한 기운에 나는 입을 다물기로 했다.
응. 생명은 소중한 거다. 호기심도 살아 있어야 들 수 있는 거 아니겠어?
나래마저 반론을 포기하고 자기 자리에 앉자, 세희는 간단하게 문제를 푸는 방법에 대한 설명을 했다. 그야말로 평범한 퀴즈쇼와 같아서, 자세한 설명은 생략한다.
아이들이 모두 이해를 한 뒤, 세희가 문제를 냈다.
"첫 번째 문제는 객관식입니다. 도련님이 가장 좋아하는 음식을 골라 주시기 바랍니다."
오, 은근히 제대로 된 퀴즈 같은데?
"1번, 호랑이 요괴. 2번, 반쪽짜리 곰의 일족. 3번, 까치 요괴. 4번, 까마귀 요괴."

"그게 뭐냐아아아아아!!"

내 혼의 외침에 세희는 X자 반창고를 내 입에 붙임으로써 발언의 자유를 침해했다.

"으……. 어렵느니라."

"아우우우, 모르겠는 거예요."

[레벨 높음.]

그런 문제에 진지하게 고민하지 마!

그래도 다행인 건 나래가 이 말도 안 되는 문제 항의를 하기 위해서 부저를 울렸다는 거다.

"예, 나래 님."

"2, 2번. 반쪽짜리 곰의 일족."

나래는 얼굴을 새빨갛게 물들이는 것으로 모자란지 귀까지 붉어져서는 고개를 숙이며 떨리는 목소리로 내 정신을 저 멀리 보내 버렸다.

저기, 나래야. 너, 그래도 괜찮아?

상황이 말이 아니라서 약간 공황 장애 같은 게 온 것 같은데 이런 장난은 그만하고 먼저 병원에 가야 하는 것 아니냐고?!

"정답입니다."

그러거나 말거나 세희는 과장되게 한쪽 팔을 쭈욱 뻗으며 말했다. 그와 동시에 전광판에 적히는 100점이라는 점수.

"가슴이 큰 여성을 좋아하는 도련님의 취향상 답은 어쩔 수 없이 2번 곰의 일족이 되겠습니다."

세희의 친절한 설명에 랑이가 책상 같은 세트를 두 손으로 탁! 치며 벌떡 일어나면서 법정 게임에서나 나올 법한 자세로 외쳤다.

"성훈이는 내 가슴도 좋아하느니라!!"

"나래 님보다는 못한 것이 현실입니다, 주인님."

"사, 상대가 너무 나쁘지 않느냐."

세희의 한 마디에 현실의 벽에 부딪힌 랑이가 좌절해서 고개를 푹 숙이고서 자리에 앉는다.

내 입에 반창고가 붙어 있어서 다행이군.

"아우우우우, 저희도 크다고 생각하는 거예요."

[어른 되어야 함. 그래야 이길 수 있음.]

저 두 녀석은 왜 자기 가슴을 내려다보며 깊은 한숨을 내쉬는 걸까. 너희 또래에 그 정도면 엄청 큰 거야!

"그러면 다음 문제."

세희의 진행은 계속되었다.

"이번에는 주관식 문제입니다. 도련님이 지금 입고 있는 팬티의 색은 무엇일까요."

나는 소리를 지르기 위해서 반창고를 입에서 뗐다. 하지만 그와 동시에 삐이~ 하는 부저음이 들려서 당황한 나는 시선을 돌렸다. 그곳에는 눈을 반짝반짝 빛내고 있는 랑이가 있었다.

"예, 주인님. 말씀하시지요."

"파란색이니라! 오늘 아침에 확실히 보았느니라!"
"그걸 언제 봤냐?!"
난 분명 잠옷을 입고 잤다고!
"성훈이가 쿨쿨 잘 때 살짝 들어 올려서 봤느니라. 헤헤헤헤."
여기 치한 호랑이가 있어요.
"아쉽지만 틀렸습니다."
"으냐앗?! 그럴 리가 없느니라!"
방방 뛰며 이견을 제시하는 랑이에게 나래가 깊은 한숨을 쉬며 말했다.
"샤워하면서 갈아입었겠지."
"……아!"
자신의 실수를 깨달았는지 랑이가 두 손으로 입을 가린다.
그 때. 나는 뭔가 이상한 느낌이 들어 아래를 내려다보았다. 거기에는 연기로 만든 손이 내 벨트를 풀고 있는 기이한 일이 벌어지고 있었다. 나는 페이가 연기로 만든 손을 흐트러뜨리며 소리쳤다.
"이, 이건 뭐야?!"
그와 동시에 페이가 벨을 눌렀다.
[검은색에 흰색 체크무늬!]
"정답입니다, 페이 님. 100점을 드리겠습니다."
"지금 정답이 중요하냐?!"
세희와 페이는 나를 빤히 보다가 고개를 끄덕였다. 너무 당당해서 할 말이 없네.
"다음은 지면, 실례, 시간 관계상 마지막 문제입니다."
"아우우우?!"
"아, 안 되느니라!"
한 문제도 맞히지 못한 랑이와 치이의 반응이 거세든 말든 세희는 말을 이었다.
"마지막 문제이니만큼 걸린 점수는 300점입니다."
이야, 싫은 진행 방식이다.
"그, 그런 게 어디 있어?!"
부끄러움을 참고 첫 번째 문제를 맞힌 나래가 반박했지만 세희는 코웃음으로 답했다.
"억울하시면 진행하시든가요."
"윽?!"
아랫입술을 깨물며 화를 삭이는 나래와 달리 페이는 불만스러워 보이기는 하지만 입을 꼬옥 다물고 있었다. 반항해 봤자 소용없다는 걸 아는 거지.
"빨리! 빨리 문제를 내거라!"
"아우우우! 아직 기회가 있는 거예요!"
개인 이기주의는 어디에나 만연해 있는 것이었습니다.
"그러면 마지막 문제의 답은 앞에 준비된 종이에 직접 적어 주시기 바랍니다."
준비성도 철저해라.
"문제 나가겠습니다. 도련님의 가장 좋아하는 옷차림을 적어 주시기 바랍니다."

마지막 문제도 결국은 정신 나간 문제구나. 그런 문제를 진지하게 고민해서 답을 적고 있는 애들을 보니까 눈물이 흐를 것 같다.

"그러면 페이 님부터 정답 공개를 하겠습니다."

페이는 흥흥 콧김을 내쉬며 기세 좋게 종이를 뒤집어 보였다. 거기에는, [오버 니 삭스+스쿨미즈+고양이귀+꼬리+책가방+하얀 액체.]라는, 나는 상상도 못 했던 무자비한 답변과 함께 본인을 바탕으로 한 간단한 그림까지 그려져 있었다.

아이고, 머리야.

[성훈 취향 이런 거. 분명히 먹힘!]

자신만만하게 글을 쓰는 페이를 옆에 앉은 치이가 싸늘한 눈으로 바라보고 있다. 100년 우정이 다 식었구나. 세희도 페이의 패기 어린 답변에 살짝 당황한 것 같다.

"……일단 다음으로 넘어가겠습니다."

이번에는 치이가 두 눈을 감으며 빙긋 자신 있는 미소를 지으며 머리카락을 즐겁게 파닥이면서 종이를 뒤집었다.

"오라버니는 분명히 웨딩드레스가 취향인 거예요!"

세희의 한숨 소리가 들린다.

"입고 싶은 옷을 적으라는 게 아니었습니다."

"꺄우우우?! 아니, 아닌 거예요! 제가 왜 웨딩드레스를 입는 건가요? 전 한복이 좋은 거예요!"

잠시 후. 자신이 한 말이 무슨 뜻인 줄 깨달은 치이가 답이

적힌 종이의 뒤에 숨는다.

"꺄우우우!!"

종이 위로 격렬히 파닥이는 머리카락을 보면 지금 어떤 표정을 짓고 있는지 알 것 같다.

"그러면 다음은 나래 님이십니다."

나래는 퉁명스럽게 종이를 돌렸다. 거기에는 [알몸 와이셔츠.]라고 적혀 있었다.

크윽! 이것은 확실히 내 취향이다!

"이런 문제는 너무 쉽잖아? 저 변태 취향은 다 알고 있으니까."

"은근한 어필, 감사합니다."

"아, 아니거든?"

나래가 화를 내든 말든 세희는 아까부터 움찔움찔하며 자기 차례를 기다리고 있는 랑이에게 말했다.

"주인님."

"기다렸느니라! 이것으로 성훈이와의 점심은 내 것이니라!!"

랑이는 기세 좋게 외치고서는 종이를 휙 뒤집었다. 거기에는 [완전 알몸.]이라고 적혀 있었다.

……랑이야. 넌 도대체 날 어떤 사람이라고 생각하는 거니?

"꺄우우우?! 생각도 못 한 거예요!"

"……저건 인정할 수밖에 없네."

[완전 졌음.]

"역시나 주인님. 도련님의 취향을 완벽하게 파악하고 계시는군요."

너희들은 반응이 왜 그런데?!

"성훈이는 나의 지아비이니 이 정도는 쉬우니라!"

의자 위에 올라가서 단상에 한쪽 발을 올리고 허리에 손을 얹고서 콧대를 높이 들며 엣헴 하고 잘난 척을 하는 랑이를 보니 화도 나지 않는다. 그저 깊은 체념의 한숨을 흘릴 뿐.

그렇게 퀴즈쇼의 승자는 랑이가 되었다.

점심은 세희가 준비해 준 도시락이었다. 나는 부러워하는 치이와 폐이, 불만에 가득한 눈으로 나를 노려보는 나래의 시선을 억지로 받아 넘기며 내 옆에서 세상을 다 얻은 것 같은 미소를 지으며 들떠 있는 랑이에게 말했다.

"그럼 어디 가서 먹을까?"

랑이는 내 말에 짧은 고민도 없이 즉답했다.

"내가 좋은 곳을 아느니라!"

불안하다. 그리고 내 불안은 현실로 다가왔다.

"그럼 잠깐 실례하겠느니라!"

랑이는 갑자기 나를 공주님처럼 안고서는 담벼락을 뛰어넘으며 바람같이 달리기 시작했다!

"우아아앗?!"

자세에 대한 걸 생각하기도 전에 안전장치 하나 없이 시속 120킬로미터로 달리는 것 같은 느낌에 나도 모르게 랑이의 목덜미를 꽈악 껴안고 말았다.

"무서워할 것 없느니라."

"그게 말처럼 쉽냐?!"

바로 옆에서 아름드리나무가 휙휙 하고 스쳐 지나가는데?!

"그러면!"

랑이가 땅을 박차고 올랐다. 순식간에 하늘로 날아오른 랑이는 그대로 허공을 밟으며 달려 나갔다!

"이러면 되겠느냐?"

멋있다.

지금 상황만 이렇지 않았다면 정말 멋지다고 감탄할 것 같았다. 마치 하늘을 나는 기분. ……실제로 날고 있지만.

"……그런데 어디로 가냐?"

"밥을 가장 맛있게 먹을 수 있는 곳이니라!"

그래서 도착한 곳이 구름 위라는 건……. 이 녀석이 역시나 대요괴라는 말이겠지. 무슨 수를 썼는지 모르겠지만 수증기의 덩어리에 불과한 구름 위에 앉을 수 있는 건 나도 좀 놀랐다.

이것도 요술이겠지만.

"어떠느냐? 좋은 장소이지 않느냐?"

이곳이 자신의 비장의 장소라는 듯 칭찬해 줄 것을 바라는 기대에 찬 눈으로 보는 랑이의 머리를 쓰다듬어 주며 나는 말했다.

"그래."

안정을 찾은 나는 구름 위에서 도시락을 열었다. 맛있어 보이는 고기반찬이 가득한 건 좋은데…… 왜 밥에 붉은 콩으로 하트가 그려져 있는지 모르겠군.

"우……. 난 콩이 싫으니라."

랑이가 은근슬쩍 숟가락으로 밥 위의 콩을 살살 긁어모아서 내 눈치를 살피며 그대로 내 밥 위에 얹었다. 나는 그 모습을 지켜본 뒤,

"헤헤헤."

랑이가 미소를 지을 때 같이 웃어 주며 밥그릇을 바꿔 주었다.

"으냐앗?! 이, 이게 무슨 짓이느냐?!"

"편식하려고 한 벌이다."

"그런 게 어딨느냐? 이럴 거면 왜 안 말렸느냐!"

랑이가 억울하다는 듯이 눈물을 글썽거리며 말했지만…….

사실 나도 콩이 싫거든.

"골고루 아무거나 잘 먹어야지 키 큰다."

"으냐아~."

랑이는 손가락을 입에 물고 고민했지만 그것도 잠시.

콩을 한 입에 털어 넣고서 눈물을 흘리며 우걱우걱 씹기 시작했다. 보는 내가 마음이 아플 정도다.

"……괜찮냐?"

꿀꺽!

"욱!"

괜찮을 리가 없지. 콩의 푸석푸석함에 목이 멘 랑이는 가

슴을 움켜쥐며 한 팔을 내 쪽으로 뻗고 부들부들 떨며 괴로워했다. 나는 생수를 건네주었다. 재빠르게 받아 꿀꺽꿀꺽 마신 랑이는 푸하~ 하고 숨을 내쉬었다.

"이렇게 죽는 줄 알았느니라."

"그러기에 누가 한 번에 먹으랬냐."

"하지만 싫어하는 건 이렇게 먹는 게 좋단 말이니라."

"좋아하는 건?"

"아껴서 먹는 게 당연하지 않겠느냐?"

그래서 나는 랑이가 가장 좋아하는 갈비찜부터 먹기로 했다.

"으냐앗?!"

내가 밥숟가락을 뜨기도 전에 갈비찜에 대한 전의를 불태우는 모습을 보고 랑이가 놀라 했지만 나는 시치미를 뚝 떼고 말했다.

"왜?"

나와 갈비찜. 그 사이에 고민하던 랑이는 눈을 꼬옥 감고 고개를 붕붕 저었다.

"아니니라. 아무것도 아니니라."

그러면서 시선은 갈비찜에서 떨어지지 않고 입에서는 침이 질질 흘러나온다. 이 귀여운 녀석을 봤나. 나는 피식 웃고서는 갈비찜을 랑이의 밥 위에 올려놓으며 말했다.

"많이 먹어."

내가 자신을 신경 써 줬기 때문이라고 믿고 싶을 정도로 랑이의 미소는 해맑았다.

"응!"

도시락을 다 먹은 나는 슬슬 아래로 내려가야 하지 않을까 생각했지만 우리 배부른 호랑이는 뽈록 튀어나온 배를 꺼트리고 싶은가 보다.

"으냐아~. 배부르느니라~."

늘어진 목소리로 말하며 구름 위에 눕는 걸 보면 간단히 알 수 있지.

"안 내려가도 되겠냐?"

"지, 지금은 그런 것보다는 낮잠! 낮잠이니라!"

랑이는 순수하고 순진하지만 바보는 아니다.

"하긴 내려가면 둘이 있을 수는 없겠지."

"윽!"

내심 찔렸는지 랑이가 심장을 움켜쥐며 꼴까닥~ 같은 소리를 내며 뒤로 쓰러진다. 그리고 두 눈을 감아 버리는 모습을 보니 잠깐 동안은 구름 위에 있는 것도 좋을 것 같다는 생각이 들었다. 구름 위에서 낮잠이라는 경험은 처음이니까.

"잠깐만이다?"

"응!"

랑이는 기운차게 대답하고서는 뒹굴뒹굴 몸을 굴리더니 다리를 펴고 앉아 있는 내 허벅지 위에 머리를 댔다.

"헤헤헤헤."

넉살 좋게 웃으며 볼을 비비적거리는 랑이를 밀어 버릴 정도로 나는 나쁜 사람이 아니다.

"에휴……."

나는 한숨을 내쉬고 랑이의 머리를 쓰다듬어 주었다.

잠깐 동안은 이렇게 있자.

나도 내려가 봤자 피곤한 일만 기다리고 있으니까. 그럴 바에는 랑이의 흔들리는 꼬리를 보면서 손에서 느껴지는 감촉을 즐기며 여유롭게…….

"아우우우, 내 이럴 줄 알았던 거예요."

[밥 먹고 뭐 함?]

"으아아앗?!"

"으냐아앗?!"

구름을 뚫고 머리만 쏙 올라온 치이와 페이를 보고 깜짝 놀라 비명을 지르며 허겁지겁 뒤로 물러나다 보니 살짝 잠들려 했던 랑이도 화들짝 놀라 구름 위를 데굴데굴 구르는 신세가 됐다. 공포 영화를 찍은 치이와 페이는 자각이 없는지 두 팔을 구름에서 쑥 빼더니 땅을 짚듯이 구름에서 쑥! 튀어나와 위에 섰다.

"지금 여기서 뭐 하는 건가요?!"

치이가 척 하고 손가락으로 나를 가리키며 왠지 모르게 심통이 난 목소리로 말했다.

[치이, 언제 내려오나 보느라 목 빠짐! 책임져!]

아, 그런 이유였나.

"누, 누가 그런다는 거예요?!"

[아우우우~. 오라버니는 언제 내려오는 건가요. 같이 있고 싶은 거예요.]

"꺄우우우?!"

치이는 열심히 팔을 휘저어 글을 연기로 되돌렸지만 페이의 다시 글을 쓰는 속도가 더 빨랐다.

"페이!!"

치이가 글을 지우는 걸 포기하고 페이의 배를 향해 몸을 날렸다! 강렬한 날아 차기에 맞은 페이는 우욱! 하고 귀여운 여자애가 짓기에는 좀 유감스러운 표정을 한순간 보여 주고서는 그대로 구름 위에 무릎을 꿇고 배를 두 손으로 감싸면서 고개를 떨어뜨렸다.

어디선가 땡땡땡 하는 종소리가 울리는 기분이 드는걸.

승리자 치이는 벌떡 일어나서는 귀 위 머리카락을 파닥이며 새빨개진 얼굴로 말도 안 되는 소리를 했다.

"페이가 쓴 글은 다 거짓말인 거예요! 아닌 거예요! 아시겠는 거예요?!"

너무 처절해서 불쌍하다. 그냥 그렇다고 해 주자.

"예, 예. 알았다, 알았어."

좀 건성이었나 보다.

"아우우우!!"

이대로 있다가는 나도 페이 꼴이 될 것 같기에 나는 말을 돌렸다.

"그보다 지금 내려오래?"

"……세희 언니가 진행할 것 많다고 빨리 내려오라고 한 거예요."

그 녀석은 직접 오지 왜 남을 시키고 그러냐. 그 때, 휴대폰이 울렸다. 이런 곳에서도 잘 터지는군. 나는 휴대폰 액정에 뜬 상대를 확인했다.

세희다.

"왜."

"직접 찾아가는 게 좋으십니까?"

"아니. 네 마음 씀씀이에 감사한다."

그 마음에 기필코 보답을 해 주지.

나는 휴대폰을 끄고 둘만의 시간을 방해당했다는 것에 불만인 듯 볼을 빵빵히 부풀리고 있던 랑이에게 말했다.

"내려가자."

그리고 나는 중력 가속도가 9.8㎨이라는 과학 지식을 기억해 낼 수 있었다.

그 이후에도 세희의 장난 섞인 진행은 계속되었고 우리들은 거기에 맞춰서 물속에서 씨름하기, 함정이 난무하는 보물찾기, 격투와 요술 대결이 된 달리기, 닭싸움을 빙자한 공중전 등, 마치 어딘가에 소풍 온 것 같은 게임과 단독 데이트를 빙자한 휴식 시간을 번갈아 가며 즐겼다.

그러다 보니 어느새 날이 어두워지기 시작했고…….

마당에서 바비큐 파티가 열리게 되었다.

"어째서?!"

"시골에 내려왔는데 이 정도는 해야 되지 않겠습니까? 아니면 지금 저렇게 즐거워하시는데 초를 치실 겁니까?"

세희의 말대로 아이들뿐 아니라 나래도 내심 이 상황을 즐기는 눈치였다. 아이들에게 산적을 만드는 법을 가르쳐 주며 화기애애하게 웃는 걸 보면 누가 모르겠냐.

"파는 빼 주면 안 되느냐?"

"골고루 먹어야 돼."

[편식 나쁜 거.]

"……그건 페이가 할 말이 아닌 거예요. 피망은 왜 빼는 건가요?"

[칫, 들켰다.]

마치 유치원 선생님과 아이들을 보는 것 같네. 보는 내가 다 훈훈해진다. 그리고 이런 걸 싫어하는 녀석이 내 옆에 있지.

"그러면 저녁 만찬 동안 자신의 매력을 뽐내 주시는 것으로 도련님의 베스트 짝을 찾아라, 의 마지막 순서를 진행하겠습니다."

아아. 봐라.

순식간에 화목한 분위기가 완전히 깨져 버렸다. 은근슬쩍 페이는 슬금슬금 나래와 떨어졌고 랑이는 눈을 빛내며 주위를 두리번두리번한다. 나래는 깊은 한숨을 내쉬었고 치이는 당황한 듯 아우우우 소리를 연발하며 분위기가 뒤바뀐 주위를 둘러보며 적응을 못 하고 있다.

"그러면 각자의 방법으로 즐겨 주시기 바랍니다."

세희는 수류탄의 안전핀을 뽑아 놓고서 고기를 구우러 갔다. 맘 편하게 저녁 먹기는 글렀군.

[강성훈.]

첫 시작은 페이였다.

[이거 내 마음.]

페이가 수줍게 얼굴을 붉히면서 내민 건 하얀 쟁반 위에 올려 있는 동글동글한…… 진흙 뭉치였다.

"……이건 뭐냐."

[고기 완자.]

"내가 보기에는 진흙으로 보인다."

[공수도 하는 애, 먹어 줬음.]

공수도를 한다고 내장까지 단련이 되는 건 아닐 텐데. 분명 먹고서 고열을 동반한 질병에 걸렸을 거다. 아픈 걸 좋아하지 않기에 손을 안 대고 가만히 있자, 페이가 조심스럽게 내게 물었다.

[……안 먹음?]

"먹겠냐?!"

[충격! 이거로 점수 따려고 했는데!!]

"그럴 거면 차라리 아앙~을 해라, 이 자식아!"

그 순간, 페이의 눈이 번쩍였다. 페이는 손에 든 접시를 휙 하고 던지고서는 뒤에 숨기고 있던 한쪽 팔을 앞으로 내밀었다. 그 손에는 포도 한 알이 들려 있었다.

[아~앙.]

당했다! 완벽하게 당했다!!

이런 수를 쓸 거라고는 상상도 못 했는데!

"……이 자식."

[까마귀, 새들 중에서 머리 좋음.]

으스대는 페이에게 그래 봤자 조류라고 말하고 싶었지만, 그래서는 안 되겠지.

[자, 빨리 아~앙.]

페이가 한층 더 손가락을 내 쪽으로 내민다. 어쩔 수 없지.

사나이 강성훈. 자기가 한 말은 지킨다.

나는 페이가 먹여 주는 포도를 입에 넣었다. 그 때, 페이가 갑작스럽게 손을 내 쪽으로 쭉 밀었기에 원하지 않게 페이의 손가락까지 입에 물고 말았다.

"읍?"

당황해서 입을 다시 열려는 순간 페이가 글을 썼다.

[뱉으면 마우스 TO 마우스.]

이 사식이라면 진짜로 한다!

나는 부끄러운 것을 꾹 참고 단번에 포도 알을 삼켰다. 그러면서 페이의 손가락을 빨게 된 것은 어쩔 수 없는 일이었다.

"됐냐."

페이는 만족한 미소를 지으며 침으로 범벅이 된 자신의 손가락을 입 속에 집어넣으며! 글을 썼다.

[대만족.]

오냐, 그러면 이제 나의 벌을 받아랏! 나는 손을 들어 페이에게 꿀밤을 먹이려 했다.

[긴급 회피!]

하지만 이 녀석은 이미 내 행동을 예상했는지 뒤로 물러나더니 날아가듯 도망쳐 버렸다.

……주먹이 우는데. 이 주먹을 어디에 쓰면 좋을까.

"……"

"……."

주먹을 쓸 곳은 없는데 맞을 곳이 생겼군. 난 나를 무시무시한 눈으로 노려보는 나래에게 말했다.

"고의가 아닙니다."

"……아니까 됐어."

이상하다? 평소라면 한두 대는 맞아야 할 텐데 너무 쉽게 넘어가 주네?

나는 바로 그 이유를 알 수 있었다.

"그것보다 이, 이, 이거 마실래?"

나래가 지금 제정신이 아닌 것 같거든. 나는 나래가 자기 가슴 사이에 페트병을 끼워 놓고서 두 팔로 가슴을 강조하듯 팔짱을 끼고 내게 가슴을 들이대는 이 상황에 가슴이 두근하고 뛰고 말았다. 내가 지금 가슴이라는 말을 몇 번이나 했지?

아니, 지금 중요한 건 그게 아니다!

얼굴뿐만이 아니라 가슴까지 새빨갛게 변할 정도로 부끄러운 이런 짓을 나래가 맨 정신으로 할 리가 없다고! 나는 진심으로 누구보다 소중한 내 소꿉친구가 걱정되어서 이마에 이마를 대 보았다.

"꺄앗?!"

뜨겁다. 매우매우 뜨겁다.

"너 정말 아픈 거 아니야?"

그와 동시에 나래는 내게 주려고 했던 페트병으로 내 머리를 내리쳤다!

아파!

"왜, 왜 때려?!"

"지, 지금 그게 말이라고 하는 소리야?!"

"아니, 이상한 건 사실이잖아?!"

"그, 그거야 저 사진첩에 내가 너한테……."

말을 하던 나래는 연기가 펑하고 나 버리더니 손을 휘저으며 말했다.

"그건 됐고! 일단 나도 나 나름대로 노력 중이란 말이야! 이, 바보! 됐어!"

나래는 진짜로 화가 났는지 몸을 휙 돌려 성큼성큼 불판으로 걸어가더니 잘 구워진 산적을 우걱우걱 먹기 시작했다. 옆에서 지켜보던 랑이의 눈이 동그랗게 변할 정도로 빠르다.

……나래한테 미안하다고 할 김에 나도 고기 좀 먹자. 저러다가 내가 먹을 건 하나도 안 남겠네. 그렇게 생각하며 한숨

을 쉬고 걸어가려는데, 뒤에서 누군가 내 티셔츠 끝자락을 잡았다.

"응?"

"아, 아우우우……."

거기에는 고개를 숙인 채로 귀 위 머리카락을 파닥이며 서 있는 치이가 있었다.

"왜 그래?"

"오, 오라버니. 이거…… 먹어 보는 거예요."

치이가 내민 접시 위에는 잘 구워진 고기가 올려 있었다. 스테이크 같은데……. 문제는 그 모양새가 하트같이 생겼다는 거다.

"그, 그러면 다 먹는 거예요!"

치이는 마치 고백하고 난 뒤 도망치는 여학생처럼 뒤도 안 돌아보고 꺄우우거리며 잽싸게 자리를 피했다.

저런 순수한 친구를 보고 배우렴, 페이야.

탁자로 가서 준비되어 있는 포크와 나이프로 치이가 준 스테이크를 잘라 먹고 있자니 이번에는 랑이가 쪼르르 다가왔다. 이 녀석도 뭔가를 하려는 건가? 내 예상은 반은 맞았고 반은 틀렸다.

"으냐아~. 맛있겠느니라."

실제로 맛있다. 딱 알맞게 구워진 데다가 고기도 좋은 걸 썼는지 육즙이 랑이의 침만큼 흐르니까.

"뭐 안 먹었어?"

랑이는 말 대신 스트레스를 먹을 거로 풀고 있는 나래와 그에 대항하듯 열심히 고기를 굽는 세희를 가리켰다.

저쪽은 무슨 요리 만화 같은 분위기가 나는데?

내 업보구나. 나는 랑이에게 스테이크를 잘라서 주려다가…… 시선의 끝에 걸린 벽 뒤에 숨어서 이쪽을 찌릿찌릿 노려보고 있는 치이 때문에 생각을 바꿨다.

나는 탁자 위에 있는 샐러드를 가득 담아 위에 드레싱을 뿌리고 랑이 앞에 내려놓았다.

"그럼 일단 야채라도 먹어라."

침이 딱 사라지는 게 무슨 요술 같다. 랑이는 볼을 퉁퉁 부풀리며 내게 투정 부렸다.

"으냐아……. 성훈이가 차가워졌느니라."

내심 양심이 찔린 나는 랑이의 불만을 받아들이기로 했다. 그렇다고 랑이에게 야채를 먹이는 걸 포기한 건 아니다.

"그럼, 자."

나는 내가 쓰던 포크로 샐러드를 먹기 좋은 양만 찔러서 랑이의 입 주변에 가져다 대며 말했다.

"아~."

랑이의 뒤에서 손수건을 입에 물며, [나는 열심히 생각해서 겨우 해낸 걸!]이라고 글을 쓰는 페이는 무시하자.

"으냐앗! 이, 이것은 빠질 수밖에 없는 덫이로구나!"

다른 말로 하면 독이 든 성배라고 할 수 있지.

"먹기 싫으면 관둬라."

"아니니라! 먹겠느니라!"

랑이는 내가 무르기라도 할까 봐 입을 크게 벌리고는 샐러드를 한입에 삼켰다. 오물오물 먹던 랑이가 두 눈을 번쩍이더니 환한 미소와 함께 말했다.

"오! 맛있구나!"

그럼 이걸 준비한 게 누군데 네 입맛에 맞지 않는 걸 준비해 놓겠냐.

그렇게 세희의 음식 솜씨에 감탄하며 바비큐 파티는 성황리에 끝났다.

왁자지껄한 저녁 식사가 끝나고 우리는 대청마루에 앉아서 후식으로 참외를 즐기며 세희의 이야기를 들었다.

"이렇게 해서 오늘 제가 준비한 모든 순서가 끝났습니다. 즐거우셨습니까?"

즐겁지 않았다고 하면 거짓말이겠지만 맘 놓고 즐길 수만은 없었지. 그래서 나도 세희를 골탕 먹일 방법을 생각해 봤다. 나만 당하고 살 수는 없잖아?

"그러면 마지막으로 제1회……."

좋은 생각이 들었다!

"잠깐!"

나는 긴장하는 아이들 속에서 손을 들었다.

"무엇인가 하시고 싶은 말씀이라도 있으십니까?"

나는 세희표 비릿한 미소를 지었다.

“명색이 내 짝을 찾는 대회인데 그걸 결정하는 게 너인 건 아무리 생각해도 좀 아닌 것 같아서 말이야.”

“호오.”

오리지널에는 따라갈 수 없군.

“지금까지 가만히 있다가, 갑자기 그런 말씀을 하시다니 무슨 꿍꿍이라도 있으신 것 같군요.”

“윽!”

속을 모두 들킨 나는 할 말이 없었지만, 세희는 이내 훗, 하고 웃고는 여유 있는 미소를 지으며 내게 말했다.

“알겠습니다. 도련님께서 그리 자신의 짝을 스스로의 의지로 선택하고 싶으시다면, 그 뜻을 존중해 드리는 것이 당연하겠지요.”

……이렇게 쉽게 넘어올 줄은 몰랐는데. 또 무슨 꿍꿍이가 있겠지. 하지만 그게 무슨 상관이냐!

칼자루는 이미 내가 쥐었다!

“자, 도련님. 도련님의 짝에 가장 어울리는 분은 누구십니까?”

나는 마루에서 일어나서 두근두근하며 나를 애원하는 눈으로 보는 아이들과 어딘가 마음을 놓고 안도의 한숨을 쉬는 나래를 훑어가듯 본 뒤!

[??]

“아우우우?”

“으냐앗?”

"응?"

모든 이의 의아한 소리를 뒤로하고 세희를 향해 손가락을 들었다!

"내게 가장 어울리는 건 세희, 너닷!"

자기 혼자만 이 소동에서 쏙 빠져서 즐겼던 네게 인간의 심판을 내려주마! 이것이야말로 내 완벽한 반격! 꿈에도 생각 못 했겠지. 나는 후후후, 승리자의 웃음을 내며 말을 이었다.

"내가 무엇을 좋아하는지 어떤 생각을 하는지 다 알며 그에 맞춰서 나를 상대해 주는 그 넓은 마음! 그리고 남들을 배려해 주는 아름다운 모습까지! 그 모든 것을 고려해 보았을…… 때……."

이상하다. 뭔가 이상하다.

자신이 선택되었다는 것에 곤란해야 할 세희는 얼굴을 붉게 물들이고 눈을 살포시 내리깔며 부끄러워하고 있었던 것이다!

이상하다는 것을 느끼면서도 한번 내뱉은 말은 멈추지를 않았다. 멈출 수가 없었다.

"내 짝으로는…… 네가 가장 어울린다고 생각하는데?"

앞에는 부끄러워하는 세희. 뒤에는 지금 당장이라도 불만을 터트릴 것 같은 아이들. 나는 어디로 도망쳐야 하는가.

"아이, 참. 도련님, 실례, 서방님도 너무하십니다. 설마 저를 마음에 두고 계실 줄은 천하의 저로서도 생각을 못 했습니다."

뒤로구나.

나는 주춤 뒤로 물러났지만 세희가 내게 바짝 달라붙는 바람에 의미가 없어졌다.

"그렇다면…… 오늘 저와 합방을 하시겠습니까, 서. 방. 님?"

그에 대한 대답을 할 상황이 아니었다.

"강성훈! 거기서는 날 골라야지! 사진첩, 까먹었어?!"

까먹고 있었습니다!

"어, 어떻게 네가 그럴 수 있느냐? 나, 나와의 관계는 한여름 밤의 놀이였느냐?!"

"오, 오라버니! 절 가지고 놀았던 건가요?!"

[사형! 완전 사형! 용서 못 해!!]

……살려 주세요.

그리고 나는 아이들, 주로 나래에게 죽도록 얻어맞아야 했다. 토라진 아이들이 반죽음이 된 나를 놔두고 각자 등을 돌리고 갔을 때.

세희가 다가와 나를 안아 일으키고서는 내게 말했다.

"계획대로입니다."

그 모습이 노트 하나 잘못 주워서 인생 말아 버린 한 주인공과 같아서 내 입이 제멋대로 움직이고 말았다.

"나는…… 틀리지…… 않았어."

꼴깍.

◆본 작품의 의견, 감상을 기다리고 있습니다◆

보내실 곳 _

서울시 구로구 디지털로 26길 111
JnK디지털타워 503호
우편번호 152-848
(주) 디앤씨미디어 시드노벨 편집부

카넬 작가님 앞
영인 작가님 앞

카넬 시드노벨 저작 리스트

『나와 호랑이님』 13
『탐정의 왕』 앤솔로지
『나와 호랑이님』 12
『나와 호랑이님』 11
『나와 호랑이님』 10
『나와 호랑이님』 앤솔로지
『나와 호랑이님』 9
『나와 호랑이님』 8.5
『나와 호랑이님』 8
『나와 호랑이님』 7
『나와 호랑이님』 6
『나와 호랑이님』 5.5
『나와 호랑이님』 5
『나와 호랑이님』 4
『나와 호랑이님』 3.5
『나와 호랑이님』 3
『나와 호랑이님』 2
『나와 호랑이님』
『나와 비행소녀』

나와 호랑이님 13

1판 1쇄 발행 2015년 7월 1일
1판 6쇄 발행 2020년 1월 20일

지은이_ 카넬
발행인_ 신현호
편집장_ 이환진
책임편집_ 유석희
편집부_ 유석희 송영규 이호훈
편집디자인_ 한방울
국제부_ 정아라 함려나 전은지
영업 · 관리_ 김민원 조은걸 조인희

펴낸곳_ (주) 디앤씨미디어
등록_ 2002년 4월 25일 제 20-260호
주소_ 서울시 구로구 디지털로 26길 111 JnK디지털타워 503호
전화_ 02-333-2513(대표)
팩시밀리_ 02-333-2514
E-mail_ seed_dnc@dncmedia.co.kr
홈페이지 www.seednovel.com

값 6,500원

ISBN 978-89-267-9920-8 04810
ISBN 978-89-267-8052-7 (세트)